CARMEN PALHETA

A borboleta azul
e outras crônicas

AFEITOS E AFETOS

EDITORA
Labrador

Copyright © 2023 de Carmen Palheta
Todos os direitos desta edição reservados à Editora Labrador.

Coordenação editorial
Pamela Oliveira

Assistência editorial
Leticia Oliveira
Jaqueline Corrêa

Projeto gráfico, diagramação e capa
Amanda Chagas

Edição de texto
Lissânder Dias

Preparação de texto
Mauricio Katayama

Revisão
Socorro Costa
Daniela Georgeto

Imagens de miolo
Maria Eduarda Negrão

Imagens da capa
Gerada em prompt Midjourney e ilustração vetorial por Amanda Chagas

Dados Internacionais de Catalogação na Publicação (CIP)
Jéssica de Oliveira Molinari - CRB-8/9852

Palheta, Carmen
  A borboleta azul e outras crônicas / Carmen Palheta. — São Paulo : Labrador, 2023.
  160 p.

ISBN 978-65-5625-382-4

1. Crônicas brasileiras I. Título

23-3938   CDD B869.3

Índices para catálogo sistemático:
1. Crônicas brasileiras

EDITORA Labrador

Editora Labrador
Diretor editorial: Daniel Pinsky
Rua Dr. José Elias, 520 — Alto da Lapa
05083-030 — São Paulo — SP
+55 (11) 3641-7446
contato@editoralabrador.com.br
www.editoralabrador.com.br

A reprodução de qualquer parte desta obra é ilegal e configura uma apropriação indevida dos direitos intelectuais e patrimoniais da autora. A editora não é responsável pelo conteúdo deste livro. A autora conhece os fatos narrados, pelos quais é responsável, assim como se responsabiliza pelos juízos emitidos.

A todos os que acreditam no meu voo.

Especialmente meu pai, Alírio (*in memoriam*),
minha mãe, Maria do Carmo, e meus irmãos
Hamílton e José Alírio.

SUMÁRIO

7	Apresentação
9	Prefácio
11	Introdução

AFEITOS

14	A alma que me habita
18	A borboleta azul
20	A esquina de minha rua
23	A porta
25	Entre sons e palavras
27	Abandonos
29	Roupas no varal
31	Dias indecisos
33	Formiga quando quer se perder
37	Gente grande
39	Menina-árvore
41	Narrativas e outras confissões
44	Nem palha de aço
46	O último dia primeiro
49	Papiloscopista das palavras
51	Projétil
53	Roupas de baixo
55	Um segredo
58	Verbos para viver
60	Vestido de carnaval
62	Torta de espinafre
64	Carta a Heitor

AFETOS

69	As férias do resto de nossas vidas
72	Do latim *recordis*
75	Meio século dourado

77	A dança do meu pai
79	Ausência
81	Amor servido à mesa
84	A queda
87	Órfã
89	As mãos
92	Boletim de ocorrência
96	Cabelos verdes ao vento
99	Caixinha de afeto
101	Casinha de papelão
104	O abraço
107	O menino que recortava papel
110	O velório
114	Passarinhos na janela
116	Pássaros em pleno voo
118	Que tal um cafezinho?
121	O resgate do gato Lion
124	Sem anestesia
126	Sem mar
129	Sem Tristão
132	Sons da pandemia
136	Vazamentos
138	O pescador
140	O pacotinho
142	Felicidade de aprendiz
145	Carta de um pai

VERSOS

150	"Shhh..."
152	Permanência
153	Guerra e paz
155	Tem mais um segundo?

APRESENTAÇÃO

Como diria o poeta Ferreira Gullar, "a crônica tem a seriedade das coisas sem etiqueta". Ele, que se considerava apenas um aprendiz de cronista, foi exato em sua definição. Tal estilo literário foge das demarcações e, como um camaleão, se disfarça de tudo para então se tornar único em sua identidade fugidia.

O cronista, por sua vez, dança na fluidez do estilo, surpreendendo a todos os presentes no salão com seus passos inéditos, conduzindo o par, enquanto a festa acontece, a uma alegre exaustão.

Eu diria que Carmen Palheta é uma cronista que nos conduz a diversas danças — desde as mais comedidas até aquelas que nos fazem rodopiar no ar. Isso porque a forma como a autora observa a vida é um convite para nos engajarmos nos movimentos mais genuínos da existência. Tais movimentos causam experiências que duram bem mais que uma noite ou uma festa; eles nos convidam a viver com mais leveza, gentileza e afeto — diante da vida e da morte.

Tive o privilégio de ler todos os textos da autora com atenção e cuidado. O objetivo era ajudá-la a preparar e reunir o conteúdo para sua futura publicação. Ao longo desse processo, os textos nos guiaram a caminhos mais profundos que nos beneficiaram bem mais do que imaginávamos no início. Esse é o poder da escrita: transformar quem nela mergulha e conectar pessoas diante da incrível e imensa jornada da existência.

Pouco sabemos sobre o futuro, mas isso não nos impede de viver intensamente o presente. E a crônica é essa celebração do *instante* — seja ele registrado no passado longínquo ou mesmo no último minuto.

A borboleta azul e outras crônicas é uma janela aberta e florida para os significativos encontros com o tempo, os fatos e as pessoas. Por meio dela, o sol ilumina e aquece, a chuva respinga e refresca, os pássaros pousam e cantam, os pequenos insetos sorvem o néctar e os olhares humanos se conectam. Sobretudo, a alma volta a sonhar.

Se eu puder desejar uma única coisa a quem, porventura, tiver acesso a esta obra, que seja: ao final de sua leitura, decida amar — mais do que nunca — as pequenas dádivas que formam o caminho da jornada de cada um de nós. Afinal, em nossos últimos dias, ao olharmos para trás, vamos perceber, enfim, que nada foi tão importante quanto isso.

Lissânder Dias
Editor

PREFÁCIO

Uma borboleta chamada Carmen

Não lembro se conheci Carmen antes pelos encontros dos cursos *online* ou pessoalmente. Ela tem olhos que gostam de sorrir. E sotaque gracioso. De Belém do Pará. É gigante — não na estatura, mas no desejo de escrever. Tivemos muitas oportunidades de nos conhecer. Primeiro, pelas palavras escritas e, depois, pelas conversas que tivemos ao longo de meses. Mas mergulhei mesmo no seu universo quando li e, na sequência, acompanhei a gestação deste livro. Nele, Carmen se apresenta. Melhor, escancara.

A menina, a mulher, a filha, a tia, a que sonha e coloca cada um dos seus desejos no mundo. Encantei-me com cada versão. Lembro-me da menina que ficava no muro, sentada, à espera do rapaz bonito. Ou da que se mudou de uma casa para um apartamento pequenino com a família. E aquela que, com o irmão, fez estripulias em um instante de distração da mãe. Da mulher que se vestiu de Pedrita para uma festa à fantasia da antiga turma da escola. A que flertou com o amor diversas vezes e nunca teve receio de vivê-lo. A que buscou a independência, o teto e soube agarrar as oportunidades. A que aprendeu a perder as pessoas que ama.

Em *A borboleta azul* encontrei também a Carmen escritora. Ao ler cada um de seus textos fui atravessada por sentimentos diversos. É que o texto que carrega alma, o que transita pela profundidade, encontra quem o lê no mesmo local onde nasceu: no amor, na saudade, no medo, na tristeza ou no desejo. Nos nossos sentimentos. Nas histórias de Carmen a enxerguei, mas também percebi a mim mesma. Repito: Carmen é escritora. Das boas. Uma escrita que emociona, envolve, abraça, faz morada.

Em uma das últimas conversas que tivemos cara a cara, ela em Belém, eu em São Paulo — coisas que a tecnologia proporciona —, comentei sobre o tanto que ela havia crescido na escrita. Sobre como seu texto ganhou em potência, delicadeza e força, desde que nos conhecemos. Do outro lado, lágrimas. É que Carmen também se agarrou à escrita como caminho. De vida.

Então, se delicie com as próximas páginas de *A borboleta azul e outras crônicas — Afeitos e afetos*. Como o próprio título já anuncia: se deixe afetar. Sem moderação.

Ana Holanda
Jornalista, escritora e professora.
E apaixonada pelas palavras.

INTRODUÇÃO

Meus prazeres são os mais intensos que o homem conhece: a escrita e a caça à borboleta.
Vladimir Nabokov

Uma borboleta tatuada nas costas, pairando entre perdas, conquistas, saudades, danos e experimentações do cotidiano, simboliza bem esta jornada em forma de livro. Não há exatamente um único voo no espaço entre a infância e a maturidade. Para ninguém. Tampouco para o meu espírito audacioso e, ao mesmo tempo, cauteloso. Para chegar aos textos aqui compartilhados com o público, decorreu quase meio século; o que significa inúmeras e espinhosas metamorfoses. Entre idas e vindas na infância solitária — nem por isso triste — e a maturidade que faz par com a efemeridade das horas, resolvi mergulhar, finalmente, no mistério das palavras. Para acreditar-me habilitada a alçar este voo.

O leitor não vai encontrar, exatamente, uma cronicidade entre os temas. São um tanto soltos e livres no espaço e tempo. Vai se deparar, quem sabe, em algum momento de seu dia, com o personagem de "As mãos" (e odiá-lo ou simplesmente penalizar-se pela opacidade de seu mundo). Ou irá se lembrar, no decorrer de outra leitura, das limitações do corpo de um tio, pai ou mesmo amigo para a arte da dança. Talvez lamente não ter conhecido a dama chamada Maria José ou o gato Lion que fugiu grudado no motor do carro. Para mim, a simplicidade dos protagonistas não apenas serviu como ponto de referência para histórias reais ou fictícias, mas sobretudo alimentou e alimenta a necessidade que possuo de ressignificar e registrar a importância de cada um deles para minha própria existência.

As memórias afetivas são o fio condutor de cada uma das cenas experimentadas ou cavoucadas nos escaninhos daquilo que vivenciei— e ainda vivencio. O olhar, o esfregar dos olhos e o virar-se para trás quantas vezes forem necessárias, para identificar algo que esqueci, algum detalhe importante, e outro que melhor seja esquecido, fazem parte da construção da narrativa.

O leitor vai perceber ou simplesmente sentir que há a busca constante — como uma caçadora de borboletas — por metáforas que melhor exprimam a beleza do trivial, a delicadeza dos gestos e, principalmente, a profundidade sensível dos episódios descritos, como se os tivesse vivido, de fato. O estar presente e sentir-se parte deles é objetivo da escrita. Junta-se a isso a brincadeira que procuro fazer com os vocábulos, desencaixotando significados; dando-lhes nova roupagem, afinando a percepção de quem lê. É a maneira que encontrei para alimentar meu espírito insatisfeito e curioso.

Meu nome *Carmen*, que em latim significa *poema*, talvez justifique a presença da poesia desde pequena. Por isso mesmo é difícil desvencilhar-me da crônica poética que, vira e mexe, caracteriza muito do que escrevo. E que pousa, como borboleta recém-saída do casulo, sobre novas flores abertas. Como obras a serem descobertas. Como descobertas a serem replicadas.

Sugar e distribuir o néctar das crônicas. É esse o principal objetivo desta publicação. que ouso compartilhar com todos.

Carmen Palheta

AFEITOS

A alma que me habita

Cinquenta e dois metros quadrados nos aguardavam. Neles, eu, meus pais e dois irmãos teríamos que "encolher" móveis de sala, camas, armários, estantes com livros. Encontrar lugar para a mesinha já desgastada de madeira que papai usava para corrigir as provas dos alunos. E sobre ela colocar a máquina de escrever modelo Olivetti que tanto me salvou nos primeiros jornais que escrevi na idade escolar. Tudo precisava caber lá dentro.

Um quarto no tamanho de nove metros quadrados, o primeiro dos dois únicos existentes, à esquerda do curto e minúsculo corredor que levava ao banheiro, seria compartilhado com meus dois manos, por quase dez anos. Lá, riríamos muito dos pesadelos que eu tinha e que me faziam gritar madrugada adentro. Em outras ocasiões, na janela daquele mesmo quadrado, eu choraria muitas vezes. De saudade. Solidão. E amor. Como se a janela tivesse sido o parapeito de emoções vividas.

Não foram tempos fáceis. Principalmente para minha mãe, acostumada a largos espaços e quintal com plantas. No entanto, ainda assim, nos foi possível colecionar dias de flores amarelas e sementes férteis. Mesmo em terreno de concreto. À medida que o tempo passava, mais memórias foram sendo agregadas. Materiais e afetivas. Mas um fato inusitado, um divisor de águas, nos tirou de lá. Meu pai infartou. Precisava, justamente, de um lugar maior para retomar a vida de outro ponto. Alargamos o campo de visão. Saímos.

Anos depois, quando resolvi morar sozinha — e já passava dos trinta —, foi para lá que voltei. Parecia uma contradição estar justamente no lugar onde espaço era tudo o que eu sonhava ter. Aceitei a proposta de meu pai, que disse, na ocasião, que o lugar era meu. Comecei uma grande reforma. No apartamento e, sobretudo, dentro de mim. Durou o tempo de uma gestação.

Na primeira noite em minha própria companhia, confesso que senti o corpo se libertando. Como uma adolescente que sai pela primeira vez sozinha de ônibus, observa as cenas cotidianas pela janela e experimenta a brisa assanhar os cabelos. Ou quando nos livramos dos sapatos que protegeram nossos pés ao longo do dia, e estes, uma vez libertos, precisam urgentemente respirar sem agasalhos. A alma, enfim, percebia-se desatada; porém inteira. Disposta a refazer-se entre cacos que acabara juntando ao longo dos anos. Acreditava que, unindo cada pedaço, me encontraria nas versões dos outros. Porém, não. Felizmente, não! Era eu, intacta em mim mesma, no aconchego da minha solidão. Com muito chão e teto para sonhar entre livros, vinhos e longos papos a dois, quando me permitia.

Cantinhos acanhados foram surgindo, reproduzindo a vastidão do meu mundo. De uma viagem ao Uruguai, mantenho sobre a prateleira um boneco de madeira de braços e pernas que se movimentam para onde eu queira. Ele diz um pouco da criança que não abandonei. Está ali, na estante em meio aos livros, companheiros serenos de minhas tardes e noites junto à janela. Uma cruz recorda a paixão de um Homem pela humanidade; fotos de família emolduram vivências cheias de sorrisos, afetos e, hoje, saudades; e uma arvorezinha com flores de luz nas pontas, presente que me faz lembrar a sensibilidade de um irmão. Ao lado, a caixinha de madeira que o outro irmão me entregou com abridor e utensílios para vinho, sabedor ele de uma de minhas paixões. E, por falar na bebida, uma espécie de quadro guarda rolhas das garrafas vertidas, como retalhos insones de noites quentes. Bibelôs, imagens sacras, souvenires de viagens. Miniaturas traduzem sonhos, paixões, desejos, histórias para contar e ainda por viver. Há imagens de anjos e santos que falam da fé, reabastecida ininterruptamente. Na "improvisada" quina da saleta de livros, uma poltrona de leitura me aguarda, solene, todas as noites. Lá renovo as energias. E é de onde os personagens dos livros me espreitam, aguardando a próxima chamada.

 Está quase tudo ali. E (talvez) quase não me falte nada. O que parecia pequeno há alguns anos dilatou-se. Na mesma proporção da grandiosidade que me invade quando chego lá. Já não sinto vazios desmedidos. Todos possuem altura, largura e profundidade. Não mais encolho móveis; tampouco reduzo sonhos. Hoje escolho os que, de fato, me engrandecem. Por fim, tudo o que me permito lá dentro possui a imensidão que transborda, nas palavras e nas contradições, de uma tal alma que habita em mim.

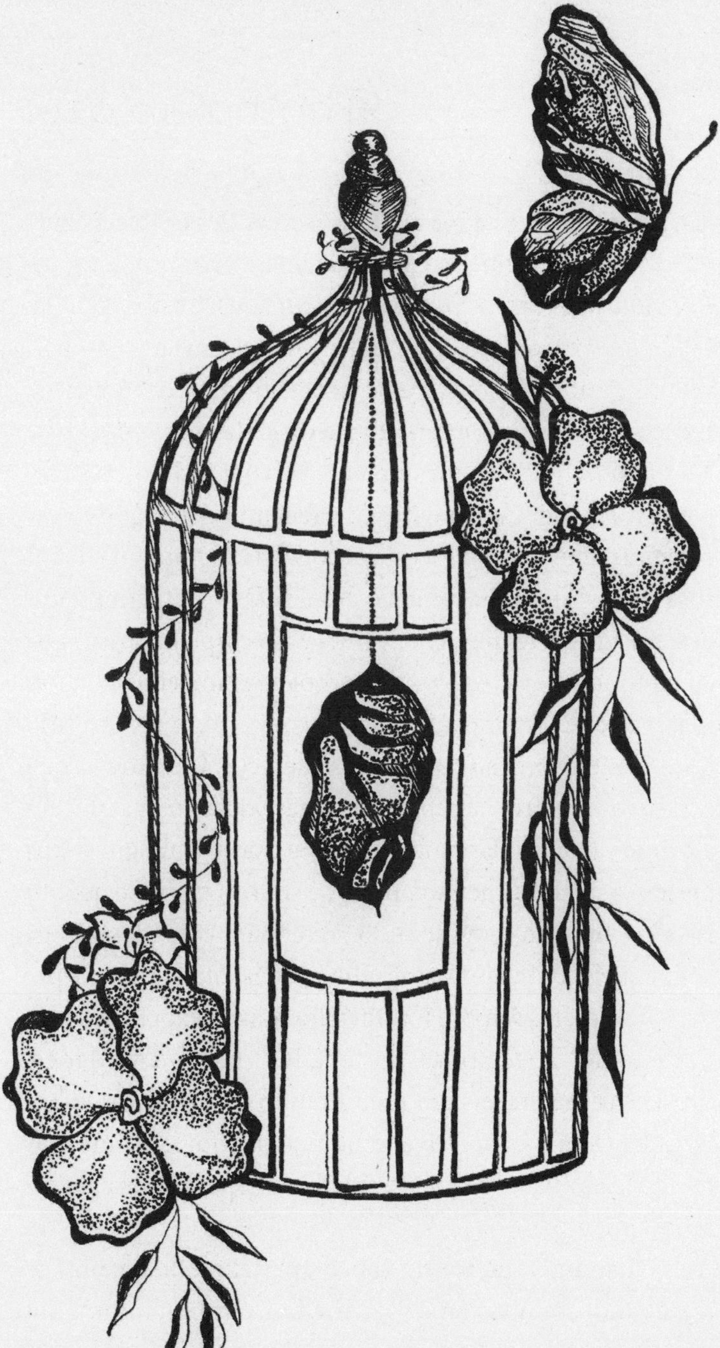

A borboleta azul

Eu tinha onze anos quando escrevi "A borboleta azul". Um dos primeiros poemas. Meu pai o datilografou e o enviou, por correio, para um concurso nacional de poesia. O texto foi escolhido entre outros tantos enviados do país inteiro e compôs um livro de poetas brasileiros. Era 1982. Eu sequer possuía asas em forma de ideias para voar.

Porém, naquele mesmo ano, eu voei. Pelo menos, foi o que a coreografia da dança de abertura dos jogos da escola quis demonstrar. Lá estava eu, vestida com um collant rosa — assim chamávamos o atual body — que tinha um desenho de paetês na frente. Simulava o corpo do inseto que eu tanto admirava. As asas da borboleta eram feitas com um material que lembrava tela de mosquiteiros. Haviam sido bordadas com miçangas e outros adereços. Uma touca, que mal se comportava na cabeça, carregava duas antenas. Eu era a primeira da fila das bailarinas com asas farfalhantes. Nas pernas, passaram-me um pó cor de cobre. Lembro o quanto isso me envergonhou quando voltei para casa, de ônibus, com aquelas antenas finas e a tinta já desbotada pelo corpo.

Borboletas sempre foram, para mim, a expressão mais perfeita de expectativas, ansiedades, medos e vaidades. Presenças inevitáveis em meu mundo de menina. De beleza delicada e expressiva, enigmática e forte ao mesmo tempo, elas ensinam a necessidade da espera e a magia do renascimento.

Quando criança, sem saber, apertei o olhar, como se faz quando se quer enxergar melhor e minuciosamente algo. Vi a borboleta; a vi azul. E talvez nem fosse dessa cor. Mas assim a quis perceber. Era meu olhar contemplando o voo. Adulta, continuei observando. Desta vez, pessoas, acontecimentos, rotinas. E acionei a memória para cenas como a da caixinha de música em tons cobre que ganhei de minha avó; as piadas, às vezes sem graça, de meu pai. Lembrei-me das árvores do outro lado da esquina de casa que pareciam guardar segredos em meio à escuridão; dos artesanatos e plantas de minha mãe. Alegro-me com cenas da infância de minhas sobrinhas e lamento não ter mais as risadas dos amigos que se foram. Permito-me ir além; algumas vezes, sem a devida mansidão, como eu desejava. Apuro a observação; exercito a pausa. Procuro perceber que cada fase é fundamental para que a metamorfose aconteça. A das palavras e, principalmente, a minha.

A menina de onze anos, dia desses, me visitou. Dei-me conta de que sem aquele primeiro poema eu talvez não tivesse despertado para outras narrativas dentro de mim. O trivial é o que, afinal, faz a vida acontecer.

Há alguns anos tatuei uma borboleta azul nas costas. Borboletas precisam de lugar para pousar e repousar. Para mim, esse lugar é a escrita.

A esquina de minha rua

Por dezessete anos, a casa de número 44 da quadra oito foi o refúgio de nossa família. Ficava em um conjunto residencial que tinha nome de objeto distante: Satélite. E estava realmente bem longe: do centro da cidade e, principalmente, de minhas alegrias, pois era um lugar quieto demais diante das inquietações que haviam dentro de mim. Eu precisava ver mais gente; conhecer outros lugares. Perceber a vida vibrando fora daqueles limites.

Um muro verde-musgo com portão de madeira era a fachada. Nele, meu irmão mais novo subia toda vez que imitava o Homem-Pássaro, um personagem de desenho animado da década de 1980. Com uma fralda no pescoço, ele corria como se fosse voar e escalava o portão que o outro irmão, algumas vezes, fechava de propósito. Queria ver se o menino tinha mesmo poderes de ave.

Na frente da janela do meu quarto, uma árvore de acácia com flores pingo-de-ouro se tornava uma cortina linda nos meses de primavera. Lá, naquele fim de rua, os beija-flores chegavam para declarar amor eterno.

A casa ficava em uma esquina. E era a última da quadra. Exatamente naquele ângulo um encontro entre a oitava rua, cheia de buracos e lama (onde, certa vez, meu pai me deixou cair de um passeio inusitado de moto que ele inventou, e rimos muito), e outra mais larga e sombria. Não havia asfalto. A iluminação era deficiente, o que tornava possível ver estrelas; constelações inteiras! Eram elas que ofereciam brilho às noites em que eu assentava minha meninice quase mulher em uma pedra meio desgastada. Ficava bem na ponta da calçada. E cravada na brecha do tempo.

    Foi lá que inventei um namorado. O menino existia, e passava todas as noites pela rua que cruzava meu canto escuro, divã de minha solitude. Eu o julgava ser meu. Nunca foi. Ele andava por ali, para ir, justamente, ao encontro de sua amada. Ela morava no conjunto em frente ao meu. Ele apenas, e por educação talvez, acenava para a menina. Era eu, fingindo ser grande.

    Eu o espreitava feito um fantasma da esquina. Esticava as pernas curtas, até desaparecerem os passos silenciosos e lentos dele no início da rua. A que daria para o encontro que ele tinha ao atravessar minhas ilusões.

    Então, quando aquela impermanente sensação de êxtase se acalmava dentro de mim, eu voltava a atenção para uma árvore que morava do outro lado. Antes mesmo de o dia encerrar o expediente, ela acolhia as notas musicais emitidas pelas cigarras. Eram assustadoramente refinadas. A elas se uniam os grilos, em fricções intermitentes de asas. E, juntos, cigarras e grilos e tantos outros insetos melodiosos produziam uma combinada sinfonia. Era essa a musicalidade que habitava a esquina de minha infância. Ali sentada, sobre uma pedra quadrada.

    Certa vez, meu suposto namorado não apareceu. Não vi mais sua silhueta rasgando a escuridão. Pensei: o namoro acabou! Uma noite rompeu. Outra mais. E a terceira... por fim, não mais o vi. Não namorava mais a garota. E tampouco a mim. E fiquei ali, ora sentada, ora em pé. Um vulto qualquer e achava ser ele correndo e pedindo-me em namoro. Nunca aconteceu! A esquina ficou sem jeito. Emudeceu.

E veio o tempo da mudança. O Satélite fora, enfim, uma longa morada de arrastados anos. Eu orbitara. Era hora de girar em torno de outros espaços. O de número 44 já havia feito sua morada em mim.

A porta

Eu já havia atravessado aquela mesma porta. Tantas vezes! Conhecia o rangido na hora de abrir e, principalmente, de fechar. A dificuldade ao virar a maçaneta; chave que emperrava e fechadura já desgastada. Algumas vezes, a bati, firme, com o antebraço; em outras, abri lentamente, como quem desenrosca a rolha da garrafa de champanhe e tenta não verter desnecessariamente o líquido.

Era a mesma porta do início de tudo. Quando todas são pintadas de vermelho. Vermelho-paixão. Algumas chuvas, trovoadas; alguns ventos, calor e tantas outras intempéries foram esmaecendo o tom escarlate. A exposição natural a pôs cor de vinho. Sem, porém, deixar de matizar noites de encantamento. Momentos de música, palavras, confidências, curiosidades, gargalhadas; e a dose certa e afetuosa do consentimento. Aquele que autoriza o coração a amar.

Nessa época, ela ficava sempre entreaberta. Para que a brisa fria da madrugada acolhesse, como um abraço apertado e caloroso, nossos deslumbramentos. Esquentasse corpos. Soprasse, para bem longe, possíveis desilusões. E eriçasse coragens, intimidades, disposições.

Antes desse encontro, tínhamos corações que já haviam sido invadidos; depredados. Destruídos, até. Como casas ainda resistentes, sobraram o batente, um tapete de "Bem-vindo", mesmo carcomido, que nos convidava a entrar. Também restavam algumas paredes de sustentação. Acreditávamos serem firmes o suficiente para suportar fissuras. Ou mesmo impedir o irremediável. Não aconteceu. As paredes não aguentaram. Corroeram. E portas que havíamos aberto gemeram como nunca. Na frente delas, avisos pendurados por cordinhas magras e puídas, com garranchos à mão, assim escrito: "Fechado para balanço".

Aquela cena foi a que mais produziu em mim a ideia do encerramento; da dor; da desilusão. Sobretudo, da impotência. Eu havia fechado a porta. Saí pelo mesmo lugar por onde entrei anos atrás, tão disposta a ocupar espaço, fosse ele qual fosse. Quando também permiti que acessassem o meu. Esqueci, no entanto, que nem todas as casas estão arrumadas ou preparadas o bastante para receber visitas. Há espaços interiores que parecem prédios abandonados; deteriorados. Até destoam do ambiente ao redor.

Saí. Tive o cuidado de não bater a porta com força. A melancolia pegou, pela última vez, a maçaneta fria e corroída. Molhada pelas lágrimas e pelo rangido fino e sorumbático da porta. Encerrava mais uma tentativa de ocupação. Joguei a cópia da chave pela fenda ali exposta. E deixei, por anos, o coração desabitado. Estava como casa abandonada na qual, quando veio nova visita, ainda havia cheiro de mofo; poeira cobrindo piso, móveis, livros. Peguei panos limpos; detergente, sonhos antigos. Aos poucos, fui deixando, fui abrindo a residência. A entrada e janelas com vãos para enxergar algo por dentro. Tudo lenta, suave e comedidamente.

Imperfeita que é, ainda há ruídos quando a porta abre. E, mesmo anos depois, também quando ela se fecha.

Entre sons e palavras

Gosto de livros. Ele, de música; de preferência, o estilo *rock*. Algumas bandas, reconheço, nunca ouvi falar. Muito menos escutei. Estávamos empatados, afinal. Havia autores dos quais ele tampouco lera uma linha sequer.

Pelos vinis e CD's, ele possui um zelo e tanto, coisa que jamais vi. E, para um espírito curioso como o meu, estava diante de um motivo a mais para me atrair. O encantamento — indício primeiro da paixão — às vezes precisa de pouco mais de algumas notas para se converter em uma inesquecível canção. Ou capítulos extras para virar um best-seller, talvez.

Com o tempo, outros timbres foram sendo incluídos para compor melodias mais audíveis, já que nem sempre nos compreendíamos no início. E diferentes páginas para uma história de amor menos clichê. Pensando bem, nem todo canto conquista, de primeira, ouvidos exigentes. Nem mesmo o prólogo hipnotiza, de pronto, quem o lê. Há sutilezas, surdezes e cegueiras que só percebemos ao longo da convivência. Somam-se às que trazemos de outras jornadas, às vezes tão cheias de pranto e pouco riso. As nossas somavam frustrações, conquistas e inevitáveis falhas de passados, e algumas mal passadas caminhadas. Por distração ou pura falta de amadurecimento.

Assim, antes que tardiamente nos despertássemos, equilibramos o descompasso. Apelamos e, de certa forma, fomos fiéis, porém não implacáveis, às diferenças, à desarmonia. Nada precisa ser tão exato; milimetricamente afinado. Haverá, no entanto, de ser autoral. Capítulos podem ser — e são — reescritos juntos. Perdemos a cadência em alguns trechos da composição por nós criada. É fato! E das preferências distintas nem sempre floresceu a melhor experiência cognitivo-sensorial. Houve ruídos; trechos mal escritos; falas graves. E músicas tristes também.

A vida que nos reapresentou com trinta anos de "atraso" — fomos colegas desde o jardim de infância e nos vimos, pela última vez, perto do final do primário — haverá de nos ensinar a burlar a solidão dos anos para vivê-la a dois, quem sabe? Eu, em um canto iluminado por um abajur na saleta, lendo livros. Ele, no quarto, escutando os ídolos.

E quando o inevitável final chegar, ainda que, porventura, nem juntos estejamos, nos encontrará, quiçá, cada um em um canto, como amantes refeitos. Sem tantos versos despedaçados ou estrofes soltas. Como se, ao longo da caminhada, livros lidos e músicas escutadas produzissem, por fim, uma rapsódia única; e uma verdadeira enciclopédia imortalizada. Embora com defeitos; mas sobretudo especializada. Afinal, tudo é memória passível de ser recontada[1].

---

1   Inspirado no "Soneto de fidelidade", de Vinicius de Moraes.

Abandonos

Certa vez larguei uma mala todinha, sem nada dentro, em um dos armários do hotel holandês em que me hospedara em Amsterdã. Era vermelha e pequena, com algumas etiquetas penduradas que registravam paragens, esperas e saudades. Ficou lá sozinha, após ter sido trocada por uma maior na cor verde. O hotel soturno e com cheiro de mofo foi sua morada. Ficava em uma rua que lembrava filmes de suspense. Vazia, com poucos transeuntes, estava envolta pelo frio europeu, e carregava uma cor cobre mesclada ao cinza.

Pela fresta da cortina antiga do quarto presenciava, toda noite, um senhor sentado à escrivaninha do prédio em frente ao meu. Um abajur iluminava o livro e o rosto do homem que parecia beirar os setenta anos. Produzia uma luz âmbar sinistra. Eu me sentia espectadora de algum possível episódio inusitado, como a cena de uma criança entrando no ambiente e correndo para o colo do avô, quebrando a monotonia do tempo. Nunca aconteceu. Parecia tudo ensaiado para não ter erro nem desconexão com o cenário invernal.

Não são raras as viagens em que, na volta para casa, eu abandono intencionalmente algo no local onde me hospedo. Os pertences desprezados remetem a uma atitude de quem precisa se desfazer do que já não cabe mais no próximo destino. Um excesso, se levado de volta. É um sabonete usado; ou uma toalha que, molhada, inchará na bagagem. Um par de meias. Um casaco. Miudezas de momentos gigantescos vividos. Como se fossem partes minhas que se recusam a despedir-se dos espaços que, ocupados, abrigaram instantes de uma vida. Não querem ir embora, ainda que necessárias sejam as despedidas, ações que permitem a chegada de outras emoções.

    Viagens são espécies de antídotos contra as malas pesadas que carregamos todos os dias. Vou bem ali me alegrar com algo diferente e já volto. Deixarei algo pelo caminho nem que seja para abandonar-me de vez em quando. Faz parte da busca por outros desafios. Quero desistir de carregar objetos que sequer são usados. Porque sensações, emoções e experiências mais inesquecíveis dispensam adereços; e não se submetem a apenas uma direção. Não cabem em bolsas ou mochilas. Simplesmente são as próprias viagens em si. Às vezes diretas e sem escalas. Outras aguardam silenciosa e tranquilamente, na sala de embarque, a voz que as chamará para o próximo destino.

Roupas no varal

Estavam lá, os três vestidos. Dois estampados e um liso sem muita expressão, talvez usado em ocasiões menos festivas. Expostos sem pudor, intercalavam as intimidades entre calças masculinas dobradas do avesso no varal improvisado no alto de uma casa. Mais acima, roupas um pouco mais caseiras também compunham o visual daquela manhã de sábado.

Vi a cena quando entrava na rua estreita e abreviada que me levava às barracas da feira. O sol muito quente, desses que estorricam até o céu da boca do tempo, fazia o seu trabalho incansável de secá-las. Não tinha costume de fazer compras, principalmente aos sábados, dias em que não marcava nenhum compromisso, só para continuar sob os lençóis. Essa rotina terminou após a partida de meu pai. Ele era freguês assíduo e falante daquele lugar que, a partir de então, passou a fazer parte de meu itinerário em alguns dias da semana.

Barulho nunca foi meu ponto forte. Gosto e necessito de silêncios para sorver a vida lentamente. E ali era espaço de burburinhos e cheiros. De gente falando, gente comprando, gente pechinchando, gente vendendo. Gente sendo gente, afinal. Todos se misturavam às cores de mangas, tangerinas, cupuaçus, abacates, couves, brócolis, cenouras, tomates, e tantas outras que davam o tom alegre ao lugar. Com o tempo — sempre ele —, me dei conta de que abdicar da minha cama podia me entregar a outros aconchegos. E me oferecer inúmeras sensações. Ricas, coloridas e inusitadas. A graça estaria não apenas em comprar as frescas verduras e frutas dos feirantes. Mas ter, em um só ambiente, sutilezas e ambiguidades como expressões de saberes e boas amizades.

Foi por isso que as roupas no varal me chamaram a atenção. Eu olhava para o céu sem nuvens e pensava sobre quantas vestimentas precisei trocar e experimentar para estar ao lado de minha mãe, escolhendo frutas e conhecendo outras maneiras de perceber o tempo, como quem prova uma blusa ou vestido novos. É certo que engoli alguns bocejos; abotoei desejos; substituí agendas; prioridades. Estendi algumas vaidades e as fixei com pegadores de plástico, sob o risco de caírem. Foi proposital! Já não me cabiam mais todas as roupas que eu tinha antes. Nem sempre as novas me caem tão bem, reconheço. Há vezes em que entram forçadas. Mas todas, em algum momento, estarão estendidas no varal. Esgarçadas, desajeitadas e livres em magras e esticadas cordas. E totalmente entregues à espreita de quem passa. Inclusive do vento, o mesmo que vez por outra sopra em meus ouvidos a certeza incontestável de que há sempre espaço ocioso para outras peças no próprio armário.

Dias indecisos

Naquela manhã, quando entrei no carro para ir ao trabalho, o dia amanhecera embaixo de cobertores. Deixava para fora apenas a pontinha do nariz. Já no finalzinho, ele se converteu em meninos alegres, solares; que chutam bola em campinho improvisado no meio do nada. Era sol de novo. E isso me desviava do temporal interior que vinha vivendo há meses.

De certa forma, a definição do terapeuta veio a calhar. "São dias indecisos", disse-me, ágil e perspicaz, quando cheguei a mais uma sessão, já no desfecho do dia. Carregava comigo minha sombrinha amarela, com desenhos na cor rosa de outras minúsculas sombrinhas. Ela trazia respingos acanhados como lágrimas de uma fina chuva que queria fazer parte da cena solar da tarde.

Dias indecisos... Saí da sala de terapia pensando na frase. Entre um sinal e outro, trânsito em ebulição, vagava sobre incertezas que antecipavam a decisão crucial que eu precisava tomar. Não queria me opor a nada do que vivera até ali; apenas dar por encerrada uma etapa; uma trajetória que, no geral, havia sido bem-sucedida. Porém, para mim, ainda se insinuava inacabada. Agora, como dias nascidos cinzentos e taciturnos, eu olhava para aquele ciclo com uma certa inquietação; tristeza e frustração. E uma saudade que pingava feito goteira insistente dentro de mim.

O terapeuta dizia que não precisava ser assim. Que eu poderia olhar com mais afeto, respeito e orgulho para o que me alimentara até ali. Eu não percebera, mas todos os dias são como amálgamas. Espécies de experimentações divinas; porém, rearrumados por nós. Entre um nó e outro, tecemos sóis. Mas também transbordamos ruas e espaços vazios com sentimentos dúbios e incômodos, como chuvas no meio de tardes de verão. Caem impetuosas, adiam compromissos e apressam passos e pneus. Ou feito marés altas que derrubam estruturas aparentemente firmes. Que nem sempre são.

Naquele ano, as tempestades invadiram os meses do primeiro semestre, como de costume. Era uma reprise de tantos outros invernos amazônicos, períodos em que a chuva, tão característica do clima quente-úmido de Belém, se torna mais frequente, potente e, muitas vezes, torrencialmente agoniante. De dentro do carro, ouvia cenas repetidas de buzinas desembestadas; sinalizavam a inquietação dos motoristas sempre descontentes; como se o mundo fosse desabar. Pessoas encharcadas com sombrinhas que mal as protegiam de pingos persistentes cruzaram as vias entre os veículos. Resvalavam nas calçadas. Corriam para apanhar o ônibus também apressado.

Eu voltava para casa. Lenta e pacientemente. Lembrava-me de como despertara naquele dia. Das sensações que me visitaram e empaparam madrugadas. Outro amanhecer viria, e, ainda que entre céus azuis com nuvens esparsas, eu sairia, novamente, à rua. Na dúvida, levaria comigo a sombrinha amarela. Nunca se sabe se o dia nascerá indeciso de novo.

Formiga quando quer se perder...

Passei pela infância feito formiga perdida quando, em uma caminhada despretensiosa, esbarra em várias outras formigas que lhe sussurram algo e ela continua sem saber para onde está indo. Apenas segue.

Não foi uma infância com muitas cenas extraordinárias. Menina insegura e tímida, me custava pensar em algo incrível para fazer que estivesse além das páginas dos livros. Lá, onde eu me permitia mergulhar sem cilindro de ar comprimido. A exceção era quando meu irmão mais velho estava por perto. Diferente de mim, ele brincou e aprontou muitas peripécias. Na rua, na bola com os amigos, nas brincadeiras de peteca[2]; de esconde-esconde. Em casa não foi diferente. Fora as que eu nunca soube.

Tamanha era sua danação que não raras vezes mamãe preparava um cipó de algum galho de árvore ou planta que estivesse mais à mão. Arrumava algo para amarrar a haste seca que iria alcançar, mesmo de raspão, a perna ou o braço do mano. Quase sempre eu chorava no meu quarto quando acontecia isso. Eu e ele tínhamos quase a mesma idade. E, como era corriqueiro, já se pode imaginar como eu ficava em ver suas perninhas finas levarem cipoadas, mesmo que fossem de leve.

---

2 O termo "peteca" é utilizado, em Belém do Pará, para identificar a bolinha de gude.

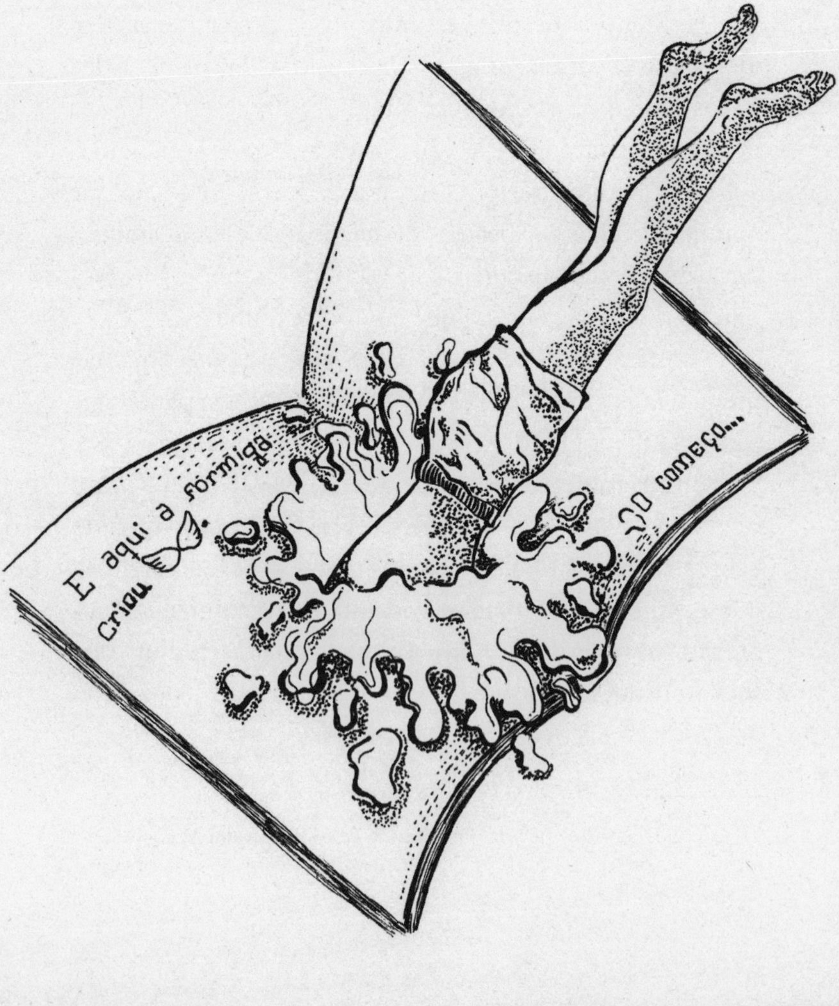
E aqui a formiga
criou
o começo...

Certa vez, ele me atiçou muito para pegar o instrumento artisticamente preparado por nossa mãe. Estava em cima da janela que dava para a cozinha. Iria aproveitar a atenção dela no preparo do almoço ou cantarolando alguma música na hora de lavar algo no tanque do quintal para poder correr e detonar com aquele maldito galho.

Muito medrosa, eu disse que não participaria do delito. Era como roubar a arma de um policial ou a fita métrica de uma costureira. Aquilo não iria funcionar. Sob pressão, acabei concordando. Antes, porém, de seguir com a brincadeira arriscada, nós dois dávamos risinhos sarcásticos e ligeiramente silenciosos sobre como melhor chegar ao cipó sem que mamãe percebesse. Mas ela sempre escutava a gente arquitetando algum plano infalível. De longe, gritava uma frase que por muito tempo custei a entender: "Formiga quando quer se perder cria asas!". Eu logo imaginava as formigas com asas bem grandes, pairando sobre nós. Mas as formigas da nossa casa andavam em fileiras; parando apenas para carregar algum minúsculo grão que serviria de almoço para a formiga-mãe. Sei lá! Sempre achei as formigas insetos trabalhadores, mas nem por isso deixavam de ser incômodas. Mas com asas era algo que soava estranho fora das páginas dos livros.

Bem, na verdade, ao usar as formigas como pretexto, mamãe falava mesmo era da felicidade exagerada, dos risos sem intervalos. Era como se não nos fosse permitido rir sem que ela soubesse o verdadeiro motivo. Assim eu entendia. Quando cresci — e nem cresci tanto assim, somente até o um metro e meio que me foi concedido —, interpretei a frase como se criança não pudesse ser feliz. Não era isso. Mas eu via assim.

Hoje olho aquela mulher e percebo como foi inteiramente dedicada a tantas funções dentro de casa. Não havia a colaboração de outras iguais a ela. Era como se fosse a única formiga, a rainha. A que era não apenas responsável pela produção que colocara no mundo, mas também fazia o papel das formigas operárias. Encarregava-se de todo o resto das atividades. Era como se tivesse asas. Isso, sim!

Além de cuidar da gente, trabalhava com meu pai no comércio, limpava a casa, fazia a comida, limpava a casa de novo, levava as formiguinhas sem asas para a escola e assim por diante. Todos os dias. Por longos anos.

Naquela tarde das formigas que queriam se perder, ainda éramos só eu e meu irmão diante da cena do cipó em cima da janela. Alguns anos depois, chegou o terceiro e último. Por um descuido, mamãe não percebeu quando o mano me convenceu a pegar o objeto. Meu coração batia forte e a respiração acelerava. Peguei-o! E talvez essa ousadia tenha despertado em mim a fama de corajosa que até hoje tenho. Naquele dia, meu irmão quebrou o galho ao meio, devolvendo-o em seguida para o batente. Foi quando mamãe saiu da beira do fogão e brigou com a gente.

Nunca gostei de discussão. Até hoje tremo por dentro quando tenho que debater qualquer tema com alguém, do mais pesado ao mais ameno. Não lembro se, naquele dia, levei umas leves cipoadas do galho quebrado, fino e indefeso. Só sei que voamos feito formiguinhas perdidas, e com asas, para bem longe do parapeito.

Gente grande

Sempre tive muita pressa para crescer. Com ela, o medo veio junto. Então fui gestando algumas meninas dentro de mim. Umas mais donas de si; outras, introvertidas e cautelosas. Várias delas; em fileira. Para que em cada fase da vida eu pudesse tocar, com segurança, a mão de uma ou de outra e a levasse para passear. Na praia, na praça, na orla do rio. Só para não esquecer como é deixar de ser gente grande de vez em quando.

Tinha muito, mas muito medo de crescer. E não dar conta de contas a pagar, a computar, a gerir. Achava que gente grande acumulava muitos documentos, pastas, calculadoras; e possuía sempre uma agenda corrida, descabida, lambuzada de horários para tudo. E que lhes vincava o semblante daquele hiato de sensibilidade, que tanta falta faz para contemplar a própria meninice. A mesma que se esvai com a pseudomaturidade. Pensava que nenhum daqueles papéis adultos caberia em minhas gavetas. Nas estantes, então, não sobrariam prateleiras para tanta anotação.

Não que eu não quisesse crescer. Sabia, sem dúvida, que era impossível. E seria inevitável não perder a ingenuidade, o riso fácil e gostoso da criança que olha um pingo de creme dental no nariz de uma tia meio louca. Ou balança as perninhas de alegria quando a mesma tia joga um lençol ou fralda simulando ser o mundo em cima delas. Não dava para dizer: vou ficar criança para sempre! Fincar o verbo tatibitati para todo mundo entender. E seguir viagem… Não ia dar certo, não.

Ser gente grande, dessas que não se sentam na areia da praia para construir montinhos e imagens só pelo prazer de ver a onda derrubar. E voltam a montar outras paisagens, deixam que a água invada castelos sem que isso signifique a destruição de tudo. Dessas que não se lambuzam na mesma areia, já molhada, e que se aborrecem com os grãozinhos que invadem dedos, salpicam pernas, cutucam entranhas. Gente que perde a compostura em discussão de trânsito, em sala de espera de consultório, em fila de supermercado. E, sem tato, irritam a pele do coração. Dessas eu, de verdade, nunca quis ser. Mas acho que, em algum momento, acabo sendo, mesmo contra a vontade.

Tinha tanto medo e, também, muita pressa para crescer. Por isso, com o tempo, as meninas gestadas correm pelo simples fato de terem pernas e vontade. Tem uma que leva livros por onde vai. Outra finca o pé e se aborrece se algo não sai como pensou. Há também a que planeja algo e faz outro, sem se importar que a chamem de inconstante e louca. Às vezes, com tanta pressa, erra a direção e troca de rumo pelo caminho. Quero deixá-las assim, com perninhas desengonçadas e olhar de soslaio sobre a vastidão da liberdade recém-descoberta e amplamente aproveitada. Uma delas colhe folha seca no chão e olha como se fosse a mais extraordinária representação da vida. E vai ver que é! Ou simplesmente junta gravetos, pedrinhas ou conchas só para depois as libertar e lançar para o lugar de onde vieram. Meninas que acatam o pequeno, o ordinário, o olhar preso no vão do tempo. Que sujam de sorvete a boca e a roupa de sair. E isso faz toda a diferença.

De verdade, verdade mesmo, o que eu não quero ser quando crescer é gente grande. Porém, sem querer, já se passaram mais de cinquenta anos!

Menina-árvore

Um dia tia Cecy pediu um texto. O dela foi curto, com palavras breves, espécies de botões de flores em plena formação. Tinha certa conexão e harmonia, mas a professora dizia estar lendo como a escutava: "Parecem folhas verdinhas coladas umas às outras e difíceis de se despregar; farfalham como sons fonéticos desregulados", comentou.

A pequena Aninha era uma arvorezinha que começava a florescer. Nessa etapa, desabrochava, associando palavras que soavam como aquelas folhas novas nos incipientes galhos. Por isso a professora conseguia perceber que, por trás das irregulares construções, havia um certo domínio de encontros entre consoantes, essas letrinhas meio insossas de nosso vocabulário; e o reconhecimento de dígrafos, outras que parecem existir somente em dupla — só para citar alguns elementos do processo evolutivo da pequena.

A leitura do mundo lhe era árdua. No intervalo para o recreio, Aninha olhava de um lado a outro as demais arvorezinhas. Não corria, não escorregava, tampouco caía de bunda no chão. Malmente levava um raspão, e quase quebrava um dos galhos ainda fraquinhos. É que a menina andava de olhos pregados na terra, tamanha a timidez que consumia suas raízes. Escrevia, rabiscava, lamentava, se aborrecia. Crescia, enfim!

Mas esse negócio de elaborar ideias por meio de palavras escritas — tão numerosas e cheias de significados — decididamente lhe soava embaraçado. Sobre o tal raciocínio lógico, então, custava-lhe contar até cem novas folhas ou flores.

Era uma fase de transformação e Aninha andava meio distraída; absorta. Talvez precisasse de um olhar mais afetuoso e tão mais cuidadoso de quem a plantou; e de quem a regava todos os dias. Tia Cecy cumpria com sua parte; a estimulava a ler em voz alta, ser personagem dos livros, cobrir cadernos de caligrafia. Tudo para estimular o desenvolvimento. Como adubos e água, tão essenciais para o crescimento saudável da plantinha.

A menina tinha pressa de crescer. Ver os braços-galhos se soltarem para além daquela etapa em que apenas florescer não cabia no caderno de escrita. Ela queria mais: soltar sementes, espalhar-se toda, lançar pó ao vento e iniciar o processo de reprodução. Mas não podia. Faltava-lhe entender que crescer significava desaprisionar-se do casulo; sentir a presença de outras árvores, participar e colaborar para o amadurecimento delas. Era um longo caminho. Aninha rabiscava algo... E, das palavras ainda desconexas, rasgava do fundo da terra um ser em evolução.

Narrativas e outras confissões

Nunca ralei um joelho; nem bati ou machuquei a cabeça caindo de alguma árvore ou correndo em disparada. Não quebrei perna, nariz ou um dedo sequer. Nada! Jamais tive fratura, tampouco coloquei gesso. O máximo que me ocorreu foi uma queda de bicicleta em um raro momento de travessura. Quase nada de peraltice que hoje me faça rir ou me encha de vaidade. Minha trajetória na infância foi percorrida em meio a uma tal ansiedade de ser adulta, com desejo de crescer e logo ganhar liberdade.

Sou a filha do meio; a única mulher entre dois rapazes. A garota que adorava ler, a da redação nota dez. Dos namorados inventados; dos poemas que rabiscava e que meu pai logo tratava de inscrever em concursos das escolas onde lecionava. Hoje vejo o quanto ele foi o primeiro, o mais entusiasmado entre os fiéis apaixonados. No curso dos anos, o próprio tempo foi inspiração em horas de solidão no quarto.

Idealizava um futuro de mulher livre, independente. Empoderada. Pé no chão e cabeça nas palavras. Não viveria sem elas, justamente porque me resgatavam da melancolia pelo desconhecido; medo do porvir; da timidez e da vergonha que tanto me assolavam. Já era decisão íntima e discreta procurar ser mais inteligente do que me destacar por alguma beleza que porventura tivesse. Fato indiscutível: precisava investir no ponto forte;

o lugar onde melhor transitava. No que parecia mais crível. E desprezar tudo aquilo onde não me sentia tão contemplada. Maturar a idade me fez ponderar que nem sempre temos tudo, nem precisamos ser tão implacáveis. Tão rigorosos. Todavia, podemos, sim, ser mais do que imaginávamos. Agregar qualidades, defeitos, virtudes e um tantinho de vaidade necessária para não fugir ou enfiar a cara no saco ao primeiro elogio recebido ou até mesmo a uma opinião contrária.

Rompi tantas barreiras interiores! Traguei taças de vinho sozinha. Bebi fumaças de cigarros imaginários. Lancei olhares, ganhei admiradores! Escapuli de muitos. Outros fugiram, saíram pela mesma porta por onde entraram. E isso sem nem mesmo terem sido expulsos. Nunca mais voltaram! Sobrevivi. Sou feliz. Afinal, não é justamente isso que mais importa?

Fiz questão de escutar músicas tristes só para chorar melhor; para ensopar a cara e depois limpar as lágrimas. Desatar, afinal, os nós e iniciar uma nova fase, mais leve. Menos árida. Gostava desses extremos: o máximo de felicidade e o mínimo de tempo dedicado a amarguras e inconvenientes tormentos. Entre uma e outra idade, busquei reencontrar-me na menina tímida, mas também na mulher selvagem. E lá se encontravam termos inteiros, alimentando mudanças e tecendo imprevisibilidades.

Alinhavando tudo isso, vejam só: estavam elas, sempre elas, as amigas ora retraídas, ora aladas, presentes em todas as etapas. Nos momentos de desesperança, nas horas lancinantes de saudade. E naquelas das emoções mais lindas quando fui tia pela primeira vez; quando entrei na faculdade e na aprovação para o mestrado.

Em todas, escrevi, para registrar ausências e presenças. E, principalmente, a felicidade. Elas, sempre elas, estiveram bem ali, dentro de mim, fincadas. As sempre disponíveis e indispensáveis palavras.

Nem palha de aço

A marcha à ré nunca havia engatado tão rápido como naquela noite. Fez cantar os pneus que riscaram no asfalto seu grito de dor. De vergonha. De medo. Mas também de uma coragem que jamais havia precisado acionar.

Ela já não era mais a jovem de vinte e poucos anos. Era uma balzaquiana com letras garrafais e fama de mandona. Mas aquela relação vinha calando, abafando todas as suas certezas. Feito uma antiga televisão com botão seletor — em que nem palha de aço serve mais para melhorar o sinal —, era preciso esquecer a preguiça; levantar e ter coragem para mudar de canal. Encontrar outra sintonia. Mas ali, definitivamente, não poderia seguir com a mesma programação.

Basta! E saiu, correu, disparou o mais rápido que pôde. Em prantos seguiu dirigindo até o colo de uma amiga. A que seria a confidente do trágico filme de horrores que estava vivendo na pele.

Naquela noite, o filme estava estampado no rosto com o tapa de um metro e oitenta que levou, revidado com toda a força e potência que encontrou diante do pudor ameaçado. Das verdades tão defendidas e ali arremessadas pela janela por um ato covarde, grotesco. E dissimuladamente mascarado como um *frame* daqueles clássicos de amor eterno. Não foi! Jamais seria.

A televisão antiga e pesada precisou da ajuda de muitos amigos para ser retirada de sua sala de estar, e também do quarto. Da rotina, por fim. Pifou de vez. Virou sucata, como deve virar tudo aquilo que é desprezível, vil e escroto.

"Se não abrires a porta pra eu entrar nesse carro, nunca mais vais me ver!"

Ela abaixou o vidro, o suficiente apenas para que do lado de fora sua voz ecoasse estridente e incômoda como aqueles ruídos inconfundíveis de televisão antiga:

"Então, NUNCA MAIS VOU TE VER!"

E arrancou em disparada para não precisar voltar a assistir àquela cena outra vez.

O último dia primeiro

Era o último dia primeiro em que eu repetiria aquela cena. Isso soou com uma vibração intensa, porém suave, dentro de mim. Foi libertadora. Pungente. Desafiadora. Tranquilamente, eu conseguira uma vaga no estacionamento. Isso quase nunca acontecia ao longo dos três anos em que ali trabalhei. Estava sempre lotado e muito concorrido. Carros e, principalmente, cargos disputavam um lugar. Chateações, impaciências, vaidades de todo tipo. Além de um ou outro bom-dia de quem chegava. Tudo acontecia naquelas manhãs.

Antes de sair do carro, olhei para o céu azul e incrível que o Criador preparara. Liguei pra minha mãe; enviei mensagens, escutei músicas; e um áudio poético e muito tocante no celular me comoveu profundamente. De autoria do escritor de sobrenome Vassallo, o texto caía bem naquela minha iminente despedida, de encerramento de expediente; de mudanças de local e tipo de trabalho, somaram mais de trinta anos. Agradeci, como de costume. Atitude que me sustentou ao longo dos últimos mil e tantos dias que passei ali. Eu disse passei. Pois, além do veículo, eu jamais quis estacionar.

Não foram os tempos mais fáceis. Tampouco os mais desesperadores de minha vida. Foram mornos, como sopa para doente. Tépidos. Inconsistentes. Necessários, até. Mas apenas para uma sobrevivência temporária até eu tomar a decisão de sair e seguir novos desafios. Muitos amanheceres foram uma luta contra o desânimo. Levantar nunca me havia sido tão penoso. E por tantos anos. É como se não tivessem sido vividos; apenas passados. Um pouco distantes do entendimento que eu tinha de que só faz sentido trabalhar se alguém, lá na ponta, tiver sido beneficiado. Eu não consegui ter isso; sobretudo, não consegui vislumbrar, tampouco sentir naquele ambiente. Não por culpa das pessoas — algumas, sim, confesso —, mas pelo tipo de labor, pela automatização dos atos; da burocracia necessária para o funcionamento dos serviços públicos. Não me enchia a alma. Quase me travou a consciência de quem sou. Internamente, me desesperei. Porém tentei não transparecer a insatisfação permanente aos colegas que me acolheram. Nem sei se consegui.

Percorri os corredores escuros com sombras constantes dentro de mim. Fui me despedindo como se despede de pacientes em sala de UTI. Em vigilância permanente. Primeiro, tentei neutralizar o que incomodava; o que causava a dor, a enfermidade. Depois, controlar os níveis do que me conservava viva e, sobretudo, respirando. Foi o que fiz. Nem sempre com sucesso. Alguns picos de temperatura me incharam as pernas. Não me deixavam seguir. Travaram minhas expectativas e entupiram as artérias de meus sonhos mais íntimos.

Talvez não houvesse nada de errado onde me foi permitido estar nos últimos dias dos mais de trinta anos em que eu havia acessado as portas do serviço público. A obscuridade era minha. E, antes que virasse síndrome ou doença irrecuperável, fui buscando restaurar a essência; a consciência; reelaborar mais formas, para sofrer menos. Olhar pela fresta escondida de cada um dos colegas de trabalho e encontrar o que de melhor possuíam me ajudou. Mesmo que nem desconfiassem da importância tamanha do que me ofereciam.

    No percurso, descobri muita gente boa, sincera, amável; de almas não contaminadas; olhares acolhedores e bocas que me sorriam de verdade; sem disfarces. Que estavam ali por motivos diversos. Alguns passavam apenas um tempo, como eu desejava também passar. Outros ficariam e estagnariam por trinta anos ou mais. Aprendi a não criticar os que se agarravam; e a respeitar os que soltavam as rédeas, voavam ou se preparavam para o voo, como eu.

    Talvez não houvesse muita cena fora do contexto. Era parte de um filme repetido; meio arremedado; com reprises em cartaz o tempo todo. O meu é que não se adequava àquela sala de exibição. Precisava das luzes acesas de novo. Era urgente produzir outras formas de assistir e fazer parte da vida. E não quer dizer que seria melhor; nem pior. Apenas inédita.

    Não sabia; nem sei — a gente nunca sabe — como será o próximo voo. Se ativo, batendo as asas; ou apenas planando. Porém, em meio a tantas dúvidas, uma eu não tinha mais: era o último dia primeiro em que eu repetiria aquela cena.

Papiloscopista das palavras

Aprendi, por conta da função policial que desempenhei por alguns anos, a identificar digitais. Elas, que se formam desde o ventre, é que irão comprovar quem somos, desde o início até o final de nossas vidas.

Minha identidade na escrita é como uma digital. Possui linhas, traços, laçadas, até algumas saliências. Talvez tenha influência genética. Talvez não. O fato é que resulta de interações ao longo da vida. Podem mudar por conta de produtos químicos, umidade da pele, ferimentos, desgastes. Porém, são únicas. Pessoais e intransferíveis.

Digital é indício único, pessoal e exclusivo de alguém. Ninguém possui uma igual à outra. Até possíveis marcas não deixam de antever outra identidade senão a da própria pessoa que a carrega. Como minhas digitais, aquilo que escrevo revela minha identidade. Em ambas, é como me vejo, sinto e me percebo quando estou diante do mundo. E como serei identificada após me despedir dele.

Não é tão fácil identificar o tipo de digital. Um leigo não consegue. É preciso estudo em papiloscopia para alcançar um conhecimento mínimo que seja.

Com a escrita, toco o cotidiano como quem cutuca um calo crônico. Ou uma ferida com cascão. Até mesmo o despetalar de uma flor; os algodões que caem, em voo leve e suave, das árvores que margeiam as praças de minha cidade, como cenários de filmes franceses.

Tento ir fundo. Além do que vejo. Estico a pele como que desejando alargar ideias tolas; verter sangue enjaulado.

Apalpo no que parece óbvio; no que está ali, diante de meus olhos, e que precisa ser penetrado; vasculhado; esmiuçado. E principalmente compartilhado a partir de um viés que, se não for o mesmo do resto da gente, é o meu, extasiado como uma criança diante do novo, daquilo que parece óbvio. Cotidiano. Contumaz.

São minhas digitais. O registro delas sobre papéis ou telas brancas me permite, muito além das papilas, alcançar a epiderme das palavras.

Projétil

Nunca fui boa em tiro ao alvo. Na academia de polícia, quando treinava para ser algo – que na prática nunca fui —, errei todos os disparos durante as aulas práticas. Mal sabia a diferença entre um calibre .38 e uma pistola. Continuo não sabendo. Não por falta de ensinamento ou bons professores na área de segurança. A razão maior possui eco na inabilidade, na aversão. Ou mesmo desinteresse pela área.

Anos passei disparando a esmo. Neste caso, não falo de tiros de verdade. Mas de miras erradas que escolhi. Sofria de miopia sentimental. Por conta disso, olhei inúmeras vezes bem no fundo do espelho. Queria encontrar porquês para tantas lacunas. Justificar loucuras, posturas. Apagar vergonhas. Acender a luz, mesmo tênue, da lucidez. E de tantas outras questões mal resolvidas dentro de mim. Não conseguia. Não com as armas que possuía. Não naquela época. Não até levar um tapa.

E levei! Bem no lado esquerdo do rosto. Daqueles que ferem mais a dignidade do que a própria pele. Virei do avesso. Rosnei. Fiz o corpo de um metro e meio converter-se em dois metros ou mais. Não tinha arma. Restava-me, porém, a alma! De dentro do carro fiz voar o celular dele. Gritei e arranquei de dentro de mim uma valentia que julgava não possuir. Espécie de metralhadora que dispara, sucessivamente, contra a crueldade sofrida. Engolida em seguida por um temor sem igual. Tragada a seco. Quase sem defesa.

Sem saber o que fazer em seguida, dirigi pela rua cheia de gente se divertindo nos bares. Eu, ali, dentro do próprio carro, soluçando por dentro. Com medo, vergonha. Aflição. Como se tivesse uma arma bem colada na cabeça. Felizmente, não tinha. Dobrei a esquina da casa de um amigo. Estava trêmula. Ele, ao lado, dando ordens. "Animal", pensava eu. Na primeira oportunidade, consegui fugir. A crueldade nem sempre te mata. Ela te fere e te espreme até conseguir o teu pior. Eu não queria ser cruel com ninguém além do que estava sendo comigo mesma. Não mais!

Nunca esqueci aqueles momentos. Deixaram marcas indeléveis. Feito projétil cravado em alguma parte do corpo que, se for retirado, o buraco permanece lá. Para sempre.

Ainda errei muitos alvos desde então; até entender como atirar e, ao mesmo tempo, me desviar dos tiros. Não me transformei em *sniper*, franco-atiradora ou coisa do gênero. Apenas levantei. Abri o peito. Segui em frente. O tapa travestido em juras de amor foi indício de crueldade iminente. Juntei as armas jogadas ao chão antes de virar algoz. Saí de cena. Sou livre!

Roupas de baixo

Gavetas engasgadas de calcinhas, tangas e fios dentais. E um punhado de sutiãs de bojo que parecem disputar um peito novo. Ou quem sabe um corpo mais estreito do que por ora eu apresentava.

"Roupas de baixo não devem ser doadas!", insistia minha mãe. É como se nos roubassem a própria intimidade no ato da oferta. A frase me vem à cabeça quando preciso fazer a seleção daquilo que fica e do que precisa ser descartado. Ou, de novo, acomodado.

Não há espaço para tudo que, ao longo do tempo, se adquire, se ganha. E até do que se remenda e que já não cabe tão bem. Muito vai se deteriorando; esticando a renda, afrouxando o elastano. Perdendo a estética, a compostura. Algo sempre folga ou simplesmente comprime. Perde o sentido; o lugar de destaque que outrora já teve em noites despertas.

Não há organizadores de gaveta que suportem tudo o que se acumula. Roldanas não aguentam o peso da sequência íntima de roupas. O abre e fecha desalinha. Uma ou outra cai entre vãos ou emperra nos demais espaços.

"Roupas de baixo não devem ser doadas!"

Na hora da organização fico até embasbacada com tamanha invisibilidade da vaidade agora engavetada. Peças-chave de atos, danças sensuais. Algumas, até com alcinhas regulares nas laterais, romantizam ou fundem desejos atiçados.

Há também as furadas, e as antigas de algodão que são as mais confortáveis para dormir (isso quando não se resolve mesmo é deitar desnuda nos braços de Morfeu).

"Roupas de baixo não devem ser doadas!"

Elas camuflam desejos que um dia foram recônditos de afetos correspondidos.

Ou não. Prudente será deixá-las em um escaninho que pouco se abra. O tempo sempre se apropria de rasgados e de emendas.

Melhor não doar, não.

Um segredo

Há dias estou à procura de um segredo. Desses dignos de revelação. Bombástico. Inédito. Que provoque curiosidade, frio na barriga, unhas roídas; inquietação. Que possua tom de dramaticidade, com verbos abundantes, transitivos, intransitivos. Reflexivos. Que cause expressões boquiabertas. E, claro, que não lhe faltem interjeições.

Preciso de um desses para chamar de meu. Para afrouxar a risada como roupa de linho após o primeiro uso. Um com temas cabeludos que não cabem em todo mundo. Mas são de arrancar cada fio dele, após tamanha confissão.

Ah, um segredo só meu! Que ninguém tenha nada parecido.

Tanto que já procurei... Abri gavetas, armários, busquei embaixo de travesseiros — quem sabe em sonhos pudesse aparecer, ser desmascarado? — e até escondido entre cobertores. Sem sucesso! Deve estar tão bem grudado no tapume da memória que não lhe faz falta apresentar-se. Vir a público, despir-se.

Será que alguém sabe onde estão ofertando segredo em promoção? Algum perdido em uma gôndola qualquer de supermercado? Ou mesmo em pacotes onde a gente compra dois e leva mais um de brinde? Um único fato, real ou inventado, que seja motivo de gozação? Ou de constrangimento; se não arrependimento? Que pegue a gente de supetão? Não precisa ser informação atualizada. Pode ser confidência balzaquiana, dessas de nariz empinado, algumas rugas vincadas e que se alojam feito visitas que duram mais de três dias; causando incômodos, agonias...

    Diante de tantos rastreios, cavoucadas no tempo, lembrei-me de um segredinho meio sem jeito, um tanto chinfrim, que guardei aqui no peito. Não possui ar de novidade; está mais para uma pedrinha que não forma círculos n'água; bombinhas de São João que não criam faíscas, nenhum efeito visual... Creio não valer a pena ocupar desatentos ouvidos.

    Segredo de respeito, ah, esse está com os dias contados. Depois do advento das redes sociais, nada mais parece ser tão reservado, exclusivo. Não se consegue fazer muito às escondidas. Hoje, quanto mais dissimulado, maior a cotação do dado sigiloso. Há uns que valem milhões! Tem gente que sequer se lembra mais dos seus. Quando vêm à tona... Bum! Acabam-se ti-ti-tis, sussurros de corredor, os disse me disse. Então, convertem-se em assunto de mesa de bar, corredores de escritório, conversas em ônibus lotado. Tudo em fração de segundos e alguns cliques. Há outros, no entanto, que definham com o tempo. Moribundos, vão perdendo a força, as formas. O sentido da existência.

    Quer saber? Acho que segredos, desses que nasceram prematuros ou imaturamente, no calor da paixão, não precisam ser desabafados, divulgados. Muito menos postados na página principal, como resumo da gente. Alguns são capazes de definir — e destruir — uma vida inteira; outros possuem curta temporada. Em ambos, o tempo é o guardião mais fiel. Uma vez contado, o que era de âmbito privativo morre. Em sentido oposto, quem o guardou vira refém eterno, condição de quem se dispõe a calar; a não romper o sigilo da morada.

Nem todos estão aptos a entender a dimensão de uma exposição pessoal e intransferível. Há, sem querer, o julgamento, a sentença. Segredos são espécies de gatilhos para espiar a vida alheia. Ou a própria. Por isso precisam saber a quem se destinam.

Mesmo assim, queria um segredo, talvez da infância, no qual eu tivesse subtraído um livro, uma caneta, uma borracha na escola. Colado em uma prova... Ou da adolescência sob a expectativa do primeiro beijo. Da fase adulta, que tantos foi acumulando, mas nenhum tão incrível ou merecedor de admiração.

É possível que haja algum segredinho mesmo cafajeste, vil ou desastroso tão bem escondido, que dali não mostre a cara, os olhos esbugalhados; ou cause frio na espinha. Não tenho ousadia suficiente para o expor. Vou conter a língua, coçando. E, na próxima inquietação, acharei um bem mais estrondoso, que me permita sentar no meio do mundo e gritar, sem muita enrolação: finalmente tenho um segredo para chamar de meu!

Verbos para viver

Do desassossego com as palavras, inventei os verbos Leticiar e Laisar. Abundantes e também reflexivos ou de ligação, nasceram para unir elementos antes soltos e deslocados. Não há como conjugar minha existência sem flexioná-los em todos os modos, número e vozes. Posto que permitem novas utilizações no decorrer do uso. Expressões com infinitas vontades.

Há tardes, por exemplo, em que passo *leticiando*. Desapressadamente, nem lembro as horas do relógio; substituo compromissos sem mais culpas ou pesos. *Leticio* direta, indireta e completamente, que começo a acreditar que me custaria pensar o agora, o ontem ou o porvir sem que o tal verbo, feito pessoa ainda miúda, se faça presente.

Noutras manhãs — que felicidade! —, já pude *laisar* mais discreta, delicada e docemente. É porque é verbo mais verdinho; semente plantada para acalmar a transição de ciclos; e se ocupar do espaço da saudade. Já *laisei* olhando bem fundo seus grandes e observadores olhos. Verbalizam sem voz definida ainda o mundo. É que *laisar* é como perscrutar o sujeito oculto e ainda não expressado.

Ambos pertencem à primeira conjugação. Mas bem que poderiam transitar em todas as demais. Seus modos verbais não indicam apenas o momento exato ou não da ação; ativos que são em toda a estrutura; e variações. Entre os tempos existentes, posso afirmar, incólume, que dizem respeito não apenas ao presente. É do passado e do futuro que se nutrem e reinventam expressões; frases inteiras. Que vão compor o repertório lá na frente.

Agora, se me dão licença, preciso fugir da lógica, do trilho. *Leticiarei* e *laisarei* por aí à vontade; despreocupada com flexões exatas e corretas na ordem das palavras. Se me virem *leticiando* ou *laisando*, sempre assim, no gerúndio, é porque dos nomes próprios de onde brotaram há a indicação mais preciosa — como não poderia ser? — da nossa involuntária e tão esperada continuidade.

Vestido de carnaval

Nunca fui fã de Carnaval. Porém, aquela seria uma oportunidade que eu não poderia perder. Uma festa entre amigos do primário que se reencontravam após anos de distância; todos já passando dos quarenta. E ele estaria lá. Não custava nada tentar conquistar aquela paixão platônica de infância que agora já se apresentava como um desejável — porém, ainda difícil — "Bambam" (personagem do desenho animado *Os Flintstones*, da década de 1960).

O adereço precisava ser incrível: sexy, original e sem qualquer pingo de vulgaridade. Isso afastaria o folião à primeira pedrada; digo, piscada. O de Pedrita, a filha do Fred Flintstone, foi o escolhido! E lá fomos nós, eu e uma amiga-irmã, atrás do vestido que pensamos ser nosso golpe de mestre. Primeira loja de aluguéis, nada! Segunda, nada também! Já sem esperança, entramos na terceira e última daquela tarde. E lá estava ele. Com medidas perfeitas. Digno da Idade da Pedra. Um pouco mais de criatividade e pensei nos acessórios: um ossinho para a cabeça; pulseiras largas para adornar braços e punhos; o sapato que enfeitei com restos de tecido. Pronto! Estava montada a indumentária. Faltaria apenas coragem para vestir e sair de casa dentro da personagem que marcou minha infância. Mas saí! Com direito a elogios de pai e mãe, só faltava mesmo era o carrinho de rodas de pedra para ser mais original ainda o visual. E lá fui eu, tão certa de partir para o ataque, ainda que sem certeza alguma de que Bambam fosse se render. Fora o fato de que o máximo que ele aceitou colocar como fantasia carnavalesca foi um colar estilo havaiano. Nem de longe lembrava o filho de Betty e Barney. Mesmo assim, não desisti.

Seis anos se passaram daquele encontro. E, desde então, sempre recordamos a festa, os amigos e, principalmente, o vestido com adereços de Pedrita que tanto marcou aquele que foi nosso primeiro Carnaval juntos.

Torta de espinafre

Nunca fui uma exímia cozinheira. Fui criada para outros tipos de paixão. Mas, quando me meto entre panelas e condimentos, procuro fazer o extraordinário. O trivial não gera em mim muito ânimo para enfrentar o fogão e depois a pia cheia de louças para lavar.

Quando me proponho a cozinhar, logo me vem a imagem da cara de felicidade de quem vai saborear o prato. O pedido de quero mais, que compensa todo o tempo consumido na preparação. E comer, entre todas as necessidades humanas, é uma das que mais nos dão prazer. Mas esse é tema para outro bate-papo ao redor da mesa.

Foi assim, pensando em como a comida pode despertar outros desejos, que resolvi tentar manter acesa a chama da paixão naquele que seria meu companheiro por anos. Pedi, certa vez: "Pode ir ao supermercado comprar espinafre e alho-poró, por favor?". "Como assim?", indagou. "Sim, farei uma torta." Eu já sabia que o ambiente de supermercado nunca tinha sido sua praia. Mas, para minha surpresa, tais ingredientes menos ainda. Daí a razão da surpresa ao ouvir o pedido inusitado.

"E esse tal espinafre, vende como?", quis saber. "É uma folha, pelo menos nos supermercados daqui." "Folha?", continuava não acreditando. Ri e ri mais ainda quando ele me disse que só conhecia espinafre em lata; e isso apenas nos desenhos do Popeye. Caímos na gargalhada. Essa era também uma forma de nos descobrirmos, em meio ao varejão da vida.

Sua educação alimentar havia sido à base de feijão, carne e carboidratos. Quase nada, ou nada, de legumes ou verduras. Então estava explicado nunca ter sido apresentado ao espinafre. Muito menos ao alho-poró.

A curiosidade e a vontade de experimentar outro paladar venceram a aversão ao supermercado. Para lá seguiu. Teve certa dificuldade para encontrar os dois itens principais do prato que eu ia preparar: minha quase famosa torta de espinafre.

Perdeu-se entre prateleiras, e gôndolas até chegar às hortaliças. Pediu ajuda. Quando se deparou com o legume da força e da coragem em formato de folhas verde-oliva, e o outro com folhas longas e largas, levou ainda meio desconfiado. Não acreditava que os dois pudessem lhe fazer escapar do feijão com arroz e causar alguma experiência sensorial mais intensa.

O preparo, teoricamente rápido da torta, dessa vez durou um pouco mais porque, quando cozinho sem pressa, gosto de ter um copo de cerveja do lado. Nunca se sabe, mas o teor alcoólico ajuda na imaginação e, ali, superaria o olhar de desconfiança dele se estaria mesmo diante de um prato inesquecível.

Espinafre no vapor; alho-poró na manteiga, trigo integral, leite, ovos... algumas ervas para atiçar o tempero... massa verdinha e finalização com queijo. E uma boa pitada de afeto, sem moderação. O resultado foi espetacular, segundo ele. Pediu mais. E prometeu que faria mais incursões ao supermercado. Venceria a objeção ao ambiente — e à ausência de arroz e feijão — só para ganhar mais jantares como aquele.

Carta a Heitor

Não nos conhecemos. E talvez jamais tenhamos essa oportunidade. Não neste plano; não de forma natural. A vida nos levou a caminhos muito distintos. A extremos, eu diria. E, no meu íntimo mais silencioso e visceral, eu não quis pensar em ti por muito tempo. Foi melhor assim. Acho que teria sido um tanto relapsa contigo. Na imensidão do mundo que eu almejava alcançar — e alcancei até mais do que julgava merecer — existia uma sensação de não estar preparada para abandonar tal sensação. A liberdade, fonte inesgotável de vida e de responsabilidade, foi o que me levou a outros encontros. E inevitáveis e desastrosos desencontros. A despedidas e, sobretudo, a chegadas, começos e partidas.

Podes estar pensando, agora, que isso tudo é fonte de arrependimento; de autopunição. Ruminação. Desculpa. E dos sentimentos todos que, normalmente, são imputados a quem não escolheu a maternidade como finalidade de vida. Longe demais disso. E não te responsabilizo se pensares assim. É comum que as pessoas julguem quem não segue regras comuns; e transformem em monstros desprovidos de emoção ou valores as mulheres que se atrevem a outros tipos de gestações. Eu não optei, mas fui mãe tantas vezes! Crianças me fizeram renascer; sentir-me mais íntegra; mais humana. Amei-as e elas a mim. Foi assim cada vez que doei tempo, palavras e afeto a crianças desconhecidas. Já sei, não se compara ao que sentem mães que carregam um filho que saiu do próprio ventre. Mas, acredita, nem por isso o meu deixa de ser uma espécie de templo maternal. Criou vínculos, afagou e acalentou mãozinhas carentes; corpinhos famintos por um abraço. Ofereci o que nem eu mesma julgava possuir: paciência para ouvir e disponibilidade para nutri-las. Isso tudo é minúsculo diante da vastidão incondicional e divina da maternidade. Mas ofertei o meu melhor. Foi um universo laboral gestacional incrível! Fui tão feliz! E queria muito que soubesses disso: não vivi o que vivi só porque não estavas lá. Porque, no fundo, estavas! Mas somente agora percebi. E te percebi.

Meu lindo Heitor, te chamarei assim por toda a eternidade. Para que, se acaso um dia chegues sem avisar, não haja chance alguma de eu não te reconhecer.

AFETOS

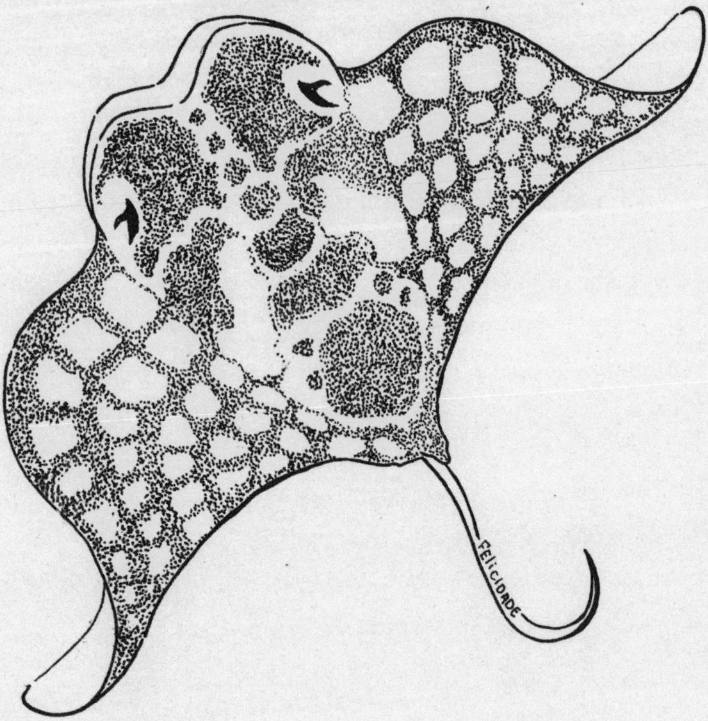
FELICIDADE

As férias do resto de nossas vidas

Fui ferrada por uma arraia. Aconteceu justamente no primeiro dia de um final de semana, espécie de miniférias, em família. Pena não haver celular na época para fazer uma *live* no exato momento em que eu saí da água e um jovem moreno com cheiro de mar — ainda que fosse praia de rio — me carregou nos braços para me levar ao hospital. Eu não conseguia sentar o pé ferrado no chão. Parecia que havia calçado uma bota vermelha, tanto era o sangue que saía pelo orifício deixado pelo peixe.

Ferrada de arraia dói tanto quanto dor de parto, diria um morador local. Como nunca tive filhos, essa dor não passei, nem nunca saberia. Sorte não ter sido no calcanhar, me diria outro nativo que estava na emergência para onde fui levada. Eu teria ficado sem andar. Exagero ou lenda amazônica, preferi acreditar que havia sido salva do pior.

Só sei dizer que sofri por meses. Um mês sem andar direito e anos sentindo a pontada em cima do pé, onde o ferrão do peixe de esqueleto cartilaginoso, corpo achatado, com cauda longa, me atingiu. Diziam, e eu acreditei, que toda noite de lua cheia a lembrança da ferrada, em forma de dor, me visitaria. Não só visitou, como tomou café com tapioquinha em muitas tardes depois do episódio.

Tinha eu catorze anos e só depois do fato é que soube que não se deve entrar na praia com maré vazante, pisando sobre pedras. A maneira correta é arrastar os pés na areia sob a água. Como se estivéssemos deslizando sobre uma plataforma de gelo; sem gelo. Mas não foi o que fiz. Se existisse o Google, eu pegaria as dicas. Ou ao menos pesquisaria para saber se a maré estaria baixa ou alta naquele dia. E o que isso poderia acarretar para quem quer se molhar em águas escuras sem olhar por onde pisa. Impossível. Fui na fé! Como os adolescentes desavisados costumam fazer. Disseram-me depois que arraia não faz mal se a gente a toca. Mas, se levar pisada — e foi o que fiz —, ela vai mostrar o poder do ferrão dela. E pode ferrar com teus esperados dias de descanso, mesmo curtos, em família.

A verdade é que quase nunca saíamos de férias. Quase é um eufemismo. A interrupção da rotina anual não costumava ser parte de nosso calendário. Lembro, porém, que aquela foi a primeira vez que viajamos juntos para passar mais tempo na praia. As águas tinham cor escura, pois estávamos na ilha de Mosqueiro, onde praias e igarapés se formam a partir do rio Pará, braço do rio Amazonas.

Na ansiedade de sentir as ondas, mesmo pequenas, fui tateando, com os pés, pedras pontiagudas, outras roliças, seminuas e escorregadias. Elas se intercalavam com lodo e poças de água. Entrei devagar, como imagino que se deva acessar a casa que não é da gente. E descobri os espaços invisíveis como um recém-nascido que abre os olhos e os revira tentando entender onde está. Senti a água lamber meus pés. Doce e, ao mesmo tempo, impetuosa. Era sensação das mais esperadas, como voo planado de pássaro em céu de julho nas bandas de cá, no Norte brasileiro.

Viajamos eu, meus pais e irmãos. O carro modelo Brasília que meu pai reformava anualmente, por dezessete longos anos, nos levou até o destino. Era um veículo verde-musgo; e nos deixou na mão inúmeras vezes. Em uma delas, eu estava no baile de debutante. Ao término da festa, a velha Brasília não saiu do lugar. Eu, de vestido branco cheio de lantejoulas e mangas meio bufantes — moda da época —, fui me agachando no banco de trás. Não queria que nenhuma outra debutante ou algum garoto me visse naquela situação nada glamourosa. Sorte não ter dado prego após o ferrão da arraia.

Mas terminemos os breves dias de férias. As únicas juntos. Depois da visita não programada à emergência, dos braços do moreno, dos curativos que duraram meses... Ter sentido a areia da praia, a brisa da praia e a praia toda engolindo minhas solidões, replicando e devolvendo, em forma de ondas, meus desejos, significou, sem nenhuma dúvida, ter levado mesmo é ferrão da felicidade. Para depois seguir sentindo as pontadas, como aquela tecla de voltar dos controles de televisão. Pelo resto da minha existência.

Do latim *recordis*

Nos almoços de domingo na casa de meus pais, éramos os mesmos da semana inteira. Com a diferença de que tínhamos mais tempo para rir ou falar trivialidades; repetir histórias familiares. Ou não.

Havia dias em que alguém, aborrecido, levantava-se da mesa. Não comia tudo. Ou engolia em seco algum comentário indigesto. Pequenas provocações entre irmãos.

Nem sempre meu pai estava de bom humor. Sentava-se calado, e em silêncio permanecia. Há meses não digeria bem as limitações que lhe eram impostas pelo diabetes, somadas às da cardiopatia e da hipertensão. Confesso que seu semblante com cenhos cerrados e afundados sobre a pele enrugada me tirava um tantinho da fome. Porém, estar ali, ter a oportunidade de nos vermos junto à mesa, já era motivo suficiente para matar outro fastio que, vez por outra, abria no estômago um imenso vazio.

Invariavelmente, minha mãe era quem servia nosso pai. Arrumava o prato; escolhia os legumes, levantava toda hora para pegar algo mais. Era a forma de demonstrar amor e preocupação, suponho. Ela reclamava quando ele comia o que não devia. A razão dos "exageros" de papai ela só foi entender quando ele se foi: do excesso de frutas e de gordura que tanto fazia mal para a glicemia e para o coração dele; do café costumeiro, da recusa em praticar atividade física e permanecer deitado assistindo a todos os noticiários, encharcando a mente com as mazelas do mundo. Tudo isso e muito mais foi desculpado quando ela percebeu que simplesmente era assim que ele queria e decidiu viver o resto de seus dias. Mamãe entendeu até mesmo os momentos em que o paladar dele não aceitava mais a comida feita por ela. Tudo vai cansando, assimilou.

Mas tinha o nosso almoço dominical, e, após ele, a vez da sobremesa. Quando havia fisionomia e astral mais leves, era apresentada por ele à mesa. Não vinha em forma de doces ou sorvete. Era uma espécie de degustação em latim, a língua dos antigos romanos que ele ensinara por longos anos na universidade. Meu pai tinha paixão por aquele idioma, mãe de tantos outros, como ele se referia. Toda a sabedoria etimológica parecia ter estacionado nele. E não foi diferente naquele dia.

Meu irmão mais novo contava sobre uma audiência que tivera. Papai escutava com aqueles olhos castanhos e pequenos, encantados diante do filho advogado. Com aquela já conhecida balançada de cabeça que imitava um gesto de concordância e admiração, nos provocou ao final da audição:

"Vocês sabem, afinal, o significado da palavra 'testemunha'?"

"Lá vem aula de latim de novo!", ríamos todos.

"Ora, já vi que não sabem, e não tem problema, não; vou ficar aqui esperando resposta sem pressa..." E esboçava um leve sorriso de sabichão com aqueles lábios finos e cheios de esperteza.

Irmãos e eu colocamos a cabeça para pensar. Queríamos desvendar a quase charada que ele nos lançara. Olhávamos uns para os outros, sem resposta. Nada! E, com um sorriso maroto que mal conseguia esconder por trás do bigode e da alinhada barba branca, disse, astuto, que "testemunha" tem a mesma origem da palavra "testículo". Incrédulos, caímos na gargalhada. Já estávamos acostumados às brincadeiras de meu pai.

Categórico, ele ratificou a lição de latim daquele domingo: "Testemunha, assim como testículo, é aquela que presencia o ato, mas dele não participa". A risada encheu a sala de estar — mais do que nunca. Papai não se conteve e foi até o quarto buscar um dos dicionários de latim que possuía — eram mais de trinta — só para comprovar a afirmação. Voltou e indicou a página devidamente marcada. Como eu, ele também grifava o que considerava mais interessante no que lia. Lá estava ela: "Testemunha, do latim *testis*; o que atesta algo...". "Ora", disse meu pai, "não são, pois, os testículos espécies de testemunhas do ato sexual? Veem tudo, tudinho, ficam ali acompanhando, mas não participam do ato. Não possuem o protagonismo."

Eram almoços ao redor de uma mesa de vidro quadrada. Mas eu me sentia como se estivesse em cadeira de madeira nos tempos de escola; aguardando a hora do lanche. Hoje, só me resta recorrer ao verbo recordar. Do latim *recordis*, como ele, sem dúvida, me lembraria. E que significa, em bom e sábio português, "voltar a passar pelo coração".

Meio século dourado

Não havia planos para comemorar a data. Um almoço com os filhos e a neta de dois meses de vida era tudo o que tínhamos. Havia champanhe: meio tímida, em garrafa pequena, sem a chance de estourar a rolha (era enroscada). Tinha sabor de comemoração; vida longa; gratidão.

Era 25 de junho de 2020. Eles completavam, então, meio século de convivência. Duas vidas. E inúmeras narrativas para contar. Algumas dignas de champanhe; outras, nem tanto. Importava, por certo, era contabilizar mais somas do que subtrações, ainda que estas também façam parte das mutações e dos amadurecimentos. Como as noites maldormidas por diferentes razões; dias de espera por mudanças — quem sabe de ambos — que nunca aconteceram. Ou vieram e foram materializadas em forma de afagos, pedidos de perdão, beijos. Algumas, esquecidas entre choros contidos no fundo da rede de algodão, onde minha mãe dormia. E para onde meu pai olhava do canto do quarto, com apenas um feixe de luz do abajur iluminando a cara. Silenciosamente escutava; dolorosamente, silenciava. Somatória de duas vidas recuperadas após quedas que pareciam o final da partida; porém, se revelaram como impulso para seguirem de mãos dadas. Das músicas colocadas por ele no equipamento de som da sala, quando, sentado em uma cadeira, comandando os botões ou deitado sobre o sofá, fechava os olhos e se deslocava para um tempo lá atrás. Um espaço onde se permitia chegar sem precisar avisar a ninguém.

Comemorar cinquenta anos juntos era como levantar taças ora cheias, ora vazias na mesa do tempo. Transbordar algumas. Muitas vezes! E jogar na parede o líquido mofento, de aroma vencido que o espaço temporal, inevitavelmente, produzia. Ali, naquele mesmo ciclo, soçobraram possíveis decepções, tristezas, saudades. Arrefeceram-se mágoas; incandesceram-se sentimentos. E dos bons! Os que fizeram brotar forças de algum lugar, só para não desistirem um do outro. Nem de nós, filhos.

Estavam os dois, diante da mesa, despojados entre si. De certa forma, fortalecidos através de nós. Inúmeras vezes vi meus pais percorrendo cada centímetro daquela jornada. Como atletas em prova de revezamento, acreditavam no poder de vencer limites; driblar emoções e consumições. Superar desassossegos. E, principalmente, contar com o outro para repassar o bastão na hora certa. Foi um exercício diário, permanente e incansável. Não é tão simples quanto verter champanhe em dia de festa. Há uma dignidade altiva e também serena, que com o passar dos anos vai gotejando sabedoria, capacidade nata e uma energia sem proporção.

Naquele dia, eu vi a majestade de meus pais no tim-tim das taças. Foi cena simples. Sobretudo, simbólica. Brindamos à coragem e a uma boa dose de persistência ali definida em meio século. Definitivamente, não é uma trajetória fácil. E carrega a dignidade que somente os anos permitem que nós, filhos, reconheçamos, mesmo sem compreendermos tanto as regras. E, como não poderiam deixar de reluzir a cor dos anos vividos, a eles foram oferecidos os mais lustrosos ouros: três filhos e uma neta. E outra que seis meses depois chegaria.

Íamos precisar de mais champanhe!

A dança do meu pai

Meu pai não sabia dançar. Tinha o quadril enrijecido e as pernas desenfreadas demais. Os passos dele não acompanhavam o ritmo, a cadência da música. Quando movimentava a cabeça de um lado a outro, com sorriso de menino levado, parecia que havia bebido. Mas meu pai não bebia.

A última vez que eu soube de algo parecido, e isso faz quase vinte anos, ele verteu uma garrafa inteira, sozinho, de vinho do Porto. Era festa à fantasia na nossa casa, organizada por meus irmãos. Eu morava fora nesses tempos. E acho que bateu nele uma saudade sabe-se lá de quê. Vestido de Zorro, tomou taças e taças e falou besteiras, como deve ser um bebum de verdade.

Naquele dia ele dançou. E o fez com o bigode (que não era de mentira) e a máscara do personagem. Meu pai, sem dúvida, coloriu a festa, mesmo sob os tons de preto que usou. Desamarrou risadas. Desarmou possíveis rivais, que só existiam na cabeça dele, somente com seus passos indiferentes a quaisquer modos oficiais e carrancudos de balançar o corpo. E essa era uma de suas vantagens.

Até cair na cama, onde foi encontrado jogado, com sapatos e todos os adereços do cavaleiro astuto que escolhera para representar. A exceção era a barba, sua marca peculiar, sem contar o bigode. Ambos sempre o enchiam de orgulho e inocultável vaidade.

Houve uma ocasião, cerca de um ano antes da festa do Zorro, em que, em um evento na universidade onde foi professor, dançou rodopiando os pés em manobras mirabolantes, com tamanha descontração e vontade, como se quisesse realmente chamar a atenção de todos. Estava entre amigos. Estava feliz. E, de tanto rodar e rodar sem parar, um dos lados do sapato soltou e voou sobre o salão. A risada foi inevitável, como infalíveis eram as nossas, de filhos e esposa, mesmo com alguma nesga de vergonha, quando ele se colocava em posição de baile.

Meu pai não sabia dançar. Mas só hoje reconheço, com uma angústia que não consigo descrever, bem no eixo da saudade, que isso pouco ou nada importava diante da urgência em se expressar. E romper, quem sabe, padrões, estilos, certezas... e a timidez disfarçada.

Talvez para ele, o melhor ritmo, certo, cadenciado e perfeito, só lhe tiraria da cadeira se fosse com aquela parceira disposta a compartilhar não apenas alguns passos, mas também a incontestável, legítima e sedutora imperfeição de uma coreografia para a vida inteira.

Ausência

O celular tocou cedo. Muito cedo para um domingo. Quando eu era criança, a gente dizia que, se o telefone tocasse antes das oito da manhã ou após as dez da noite na casa da gente — eram tempos sem celular —, era notícia ruim.

Foi.

...

Minuto de silêncio.

...

Não tive voz. As lágrimas começaram a cair. Desenfreadas. Vincando a pele amarrotada de dezoito dias de aflição.

Meu pai havia partido!

Era domingo de eleições. A BR-316 não tinha tanto trânsito, felizmente. A trajetória, contudo, se fez lenta, como se fosse possível retardar a despedida. Seguíamos, em fileira, aquele veículo branco da funerária que o levava, com alertas acesos, para sinalizar a quem passava que aquela era uma cerimônia de adeus.

Meu pai sempre dizia que todos nascemos e morremos sós. Não sei bem o que ele queria dizer. Mas naquele momento, de fato, ele estava sem a gente ao lado dele, falando que tudo daria certo. Não deu. Não imaginamos ser o certo neste plano terreno.

Dentro do carro que eu guiava, uma tia falava que a volta para casa era a parte mais dolorida da ausência. Porém, todas as voltas (e também as idas) foram árduas desde então.

...

No retorno, um vão havia ocupado todos os lugares da casa. Abrimos o portão cinza opaco, como de costume. Subimos os trinta degraus. Havia uma espécie de acordo tácito, mudo e com letras miúdas. Na sala, fotos espalhadas pela parede nos remetiam, os cinco — pai, mãe, eu e dois irmãos —, a cenas felizes e de amor compartilhado. Na porta de entrada larga e azul, parei. Ele não estava mais deitado na saleta de televisão onde passava boa parte de seus dias. Foi lá que permaneci aquela noite. No meio da madrugada, abracei uma amiga e chorei. Nunca foi tão dolorido fechar os olhos.

...

Por sete dias, rezamos o terço. Havia noites de muitos parentes; alguns amigos. Outras, nem tanto. Lacunas são perfeitamente compreensíveis nessas horas. Um adeus sem tempo de ter sido dado. Um início de tempo, e eu ainda não sabia o que fazer.

Amor servido à mesa

Sempre vi minha mãe cozinhando para meu pai. Um processo diário que durou cinquenta anos. Foi a cena mais ininterrupta que presenciei nesse tempo todo. Exceção era quando havia alguma discussão entre eles. Para demonstrar indignação, ela mal visitava a cozinha. A geladeira, porém, guardava sempre algo de que ele poderia lançar mão. Isso quando a fome batesse mais forte que a cara aborrecida.

Cerca de três meses após o falecimento dele, perguntei a ela o que mais doía na ausência. Ela me disse, melancólica e ao mesmo tempo com discreto sorriso, que era não ter mais que cozinhar para ele. Falou-me da falta de preocupação com o que faria de diferente para o almoço; do vazio das manhãs sem necessidade de perguntar ou mesmo pedir algum ingrediente para ele. Ele, que quase nada sabia sobre o ato de cozinhar, era quem guardava e comandava o que havia na despensa. Nela, pesaram até mesmo as repetidas reclamações que meu pai fazia sobre pratos com frango ou carne. "És melhor quando cozinhas peixe", dizia-lhe. O elogio, antecipado por palavras indigestas, de alguma maneira também fazia parte do cardápio dos dois.

Para minha mãe, o ato de cozinhar sempre significou cuidado, afeto, amor. Aprendeu desde cedo essa maneira de demonstrar sentimentos. Foi a primeira filha de oito irmãos. E deles também cuidou, ainda pequenos. Era parte de sua cultura, portanto, estar entre panelas, fogo, uma boa dose de criatividade e muita dedicação. Diariamente.

Quando meu pai se foi, levou junto a vontade dela de cozinhar. Meses antes de ele partir, já não gostava do que era colocado à mesa. Reclamava de tudo. Certa vez, fiz uma berinjela recheada com carne moída (picadinho, como chamamos aqui em Belém). Levava queijo por cima e bastante azeite de oliva. Ele adorava azeite de oliva! Comeu tudo. Fiquei feliz nesse dia. Foi também uma forma que ele encontrou de dizer que precisava experimentar novos paladares. Reencontrar o próprio sabor da vida. Mas já o havia perdido.

A rotina de pôr a mesa para ele, preparar-lhe a comida, foi o símbolo mais próximo de um convívio carinhosamente temperado por ambos; às vezes salgado, outras, bem insosso, é verdade; outras, então, saboroso de dar água na boca! Sem dúvida, tão apurado pelo tempo que distância alguma apagará sequer o cheiro. Muito menos o gosto inesquecível daquele amor servido por longos e, na maioria das vezes, acolhedores momentos ao redor da mesa. Lá, ao lado dele, que costumava sentar à cabeceira, e eu na cadeira que ficava na frente da que mamãe ocupava, reclamei, tantas vezes, que ele comia demais o que não devia, por conta do diabetes. Mas nunca surtiram efeito tais palavras.

Presenciei a cena de almoços juntos por muitos anos. Ficava bem quando podia compartilhar com eles esse momento do dia. Era a oportunidade que eu tinha de contar-lhes sobre novidades no trabalho; ou de algo que vi nas redes sociais. Ele costumava opinar, rir de alguns fatos ou simplesmente me ouvir.

Percebi o quanto o ato de comer é espaço que requer atenção e cuidado sobre como o outro está. Vi que a fome material se esvai com uma existência sem fome de mais nada. A de meu pai foi ficando insípida; a mente bloqueando sensações e se desanimando, aos poucos, a provar o novo, mesmo que tenha aberto exceções, como no dia da berinjela.

Entendi que o apetite por uma existência, ainda que vivida com limitações, mas degustada intensamente, é capaz de nos fazer provar um banquete digno e inigualável; e somos convidados a compartilhá-lo todos os dias.

Meu pai provou o que quis. E se enfastiou de tantos outros alimentos. Fez escolhas. É verdade que, em determinados momentos, engoli a seco tais decisões, só para não o deixar mais triste.

A despeito de uma mesa posta tão grande e diversa, com sabores surpreendentes, o prato principal só poderia ter sido preparado e oferecido a quatro mãos: as deles dois, juntos.

A queda

Eu não conhecia minha mãe até meu pai partir. Foram necessários meses, um ano e um pouco mais de convivência para ter uma parda noção de quem era aquela mulher de verdade. Não que ela simulasse ser outra pessoa. É porque filhos costumam ver pais sendo pais. Em atuação permanente e incansável. Poucas vezes humanos como a gente.

Algumas angústias; outras tantas inexatas sensações rodearam nosso convívio desde então. Sempre unidas com a força estrondosa e impetuosa do amor. Ele, que gritou dentro de mim, a quilômetros de distância, no dia em que ela caiu da escada. Havia escorregado seis degraus abaixo. Eu não estava por perto. Não a pude socorrer. E, mesmo que estivesse, seria presunçoso acreditar que algo eu pudesse evitar.

Quinze dias depois do incidente, estávamos em uma clínica de fisioterapia. Ela, de bruços, recebia correntes elétricas para passar a dor. A queda deixara hematomas pelas coxas, glúteos, testa, lombar. O supercílio direito levou pontos. E os tendões da segurança e do equilíbrio, que ela julgava ter, foram rompidos.

Sentada na escada de três níveis ao lado da maca estreita, eu olhava para ela, seminua sobre o colchão azul acanhado e sem lençol. O boxe frio e separado por paredes falsas nos deixava escutar, mesmo que não quiséssemos, os gemidos de dor do paciente ao lado. Parecia proposital. Como se os ambientes tivessem sido projetados para nivelar ou mesmo amenizar incômodos. Sei lá.

Pensava em tantos outros choques que ela já havia levado e superado — comedida e pacientemente. Como aquele ao descobrir uma doença crônica que surgiu quando ainda tateava o caminho soturno da ausência de meu pai. Quando precisou substituir as roupas grises da tristeza por causa da perda dele pelos equipamentos de luta e de coragem pela própria vida.

Minha mãe costumava subir e descer tantas vezes a mesma escada na qual escorregou. Tinha passos acelerados e sempre de prontidão para atender as demandas da casa. E absolutamente todas as do marido. Como uma formiga que corria de um lado a outro e não cansava nunca. Era frase corriqueira dele sobre ela. De alguma maneira, ela sustentou a fama de forte, resistente à dor e ao medo, durante cinquenta anos. Não queria decepcionar ninguém. Não tinha tempo para tolices, pensava.

Custou-me imaginar a pequena-grande mulher caindo escada abaixo. A queda, definitivamente, não combinava com ela. Não havia harmonia na lentidão de passos, de atitudes, de pensamentos com aquela pessoa que até então eu julgava conhecer. Sem contar que foi penoso pensar que aptidões, habilidades, vontades e um certo grau de autonomia deveriam ser recalculadas ou abandonadas com a idade. Nada disso fazia sentido.

Desde que meu pai se fora, mamãe surgira para mim como uma daquelas amigas que reencontramos após longas temporadas distantes. Percebemos que o cabelo, as formas do corpo e até as ideias se modificaram. A essência, no entanto, sempre acaba olhando de espreita sob a camada tênue da maquiagem. Foi o que justamente nos sustentou naquela retomada de vida. E com discretas trocas de papéis a que fomos, naturalmente, submetidas.

Um misto de incômodo e admiração nascido na veia entupida da dor do luto brotou naquele reencontro. Eu já não era somente a filha do meio, única mulher entre dois meninos. A que voou; que morava sozinha há mais de uma década. Ela também já não era apenas a mãe precisando de atenção ou cuidados redobrados. Diante de mim havia uma mulher que se desnudava sem nem mesmo querer, que podia ser vista com medos, angústias e procrastinações; que não costumava deixar escoar facilmente. Vertia-os agora. E se afogava também.

Assimilar a senilidade é tarefa nada fácil. Principalmente para ela, que sempre dizia em voz alta que não temia envelhecer. Não sabia o que era solidão. Mas um tombo, e todas as fortalezas e resistências femininas transmitidas de geração a geração, como um mantra, foram questionadas. Algumas se espatifaram. Outras a fortaleceram ainda mais. Não foi sem dor para ela; sequer para mim.

A queda não estava no roteiro de nosso reencontro de amigas de décadas. Precisamos amenizar, com unguentos, alguns hematomas; e ter mais meses para colar o que o corpo não revela por meio de manchas ou contusões. Sobretudo, entender que nem todos os escorregões se dão sobre degraus. Alguns ocorrem justamente quando mais acreditamos estar fortalecidos. Sobre chãos planos e aparentemente seguros.

Minha mãe caiu. A mulher que eu não conhecia de verdade precisou de colo, de mão na mão, de mais beijos de boa-noite. Além do cafezinho com tapioca e manteiga, compartilhados nas tardes quentes na cozinha de sua casa. Ali, onde pôde, sim, continuar sendo a mãe, a avó, a mulher. E, a partir de então, uma espécie de filha que não pari.

Órfã

São cinco banheiros no total. Cinco quartos também, somados os da bagunça e o dos livros, vinis e latas com chaves, parafusos, ferrolhos, ferramentas de todo tipo, do meu pai. Quando ele se foi, a casa, como todos nós, ficou um pouco órfã. Porém, não intacta. Modificamos um dos cômodos. Pintamos. Retiramos velhas estantes. Tudo para recuperar uma centelha de vida que nos restava depois daquela paternidade ter recém-fechado a porta de saída, sem nunca mais voltar.

Coube a mim a tarefa de escolher, entre pastas e mais pastas de todas as cores e tamanhos, a papelada: a que deveria ser descartada e a que ficaria como lembrança; papéis que registravam o que ele construiu. E de tudo que se instruiu também. A cada certificado rasgado, descartado, a dor me dilacerava. Sentada no chão do quarto, a vida de meu pai — o homem sobre quem percebi que não conhecia todos os registros, por onde trabalhou e se destacou — ia surgindo como um filme em preto e branco diante de mim. Sem som, mas com imagens editadas em pastas coloridas. Ele organizava tudo.

Naquele espaço que antes havia sido meu quarto, ele passava boa parte de suas noites. Sentado, calculava saldos, contas a vencer, outras pagas… Todos os meses! Se não todos os dias. Um abajur na cor verde em forma de carrinho infantil iluminava o rosto cansado. Olhar preocupado. E caneta anotando cada valor. Quando ia lá, eu olhava pela porta sempre entreaberta e perguntava se estava tudo certo, se ia sobrar algum dinheiro. Ele me mostrava os cálculos. E, sem saber, me transmitia a forma de organizar despesas — uma das tantas boas heranças que me deixou.

Quando um filho saía de casa (somos três), ele logo ocupava o espaço do quarto vago. Fazia sua morada. Guardava o que precisava e, sem perceber, o que jamais usaria. Eu dizia que ele parecia um desabrigado, porém vivendo sob muito teto. Ele ria. Eu não me continha; e juntos ríamos.

São cinco quartos, no total. A matemática da vida (ou da morte) os multiplicou de tal maneira que hoje, ao entrar lá, é como se papai tivesse sido o único morador. É que nossa casa ficou órfã. E ainda não sabemos como continuar com essa criação.

As mãos

Todos os dias ele vestia uma tez sisuda para combinar com a solidez da roupa em tons cinza. Espécie de armadura de onde olhava, atravessado, o mundo lá fora. Para não tocar ou ser tocado por alguém ou algo, afundava as mãos nos bolsos. E lá as deixava. Era uma maneira de evitar contatos, tatos. Ou correr sequer o menor risco de desalinhar as próprias emoções.

Andava curvado, como se furasse o vento ou invadisse a rua para passar. Por ele cruzavam estudantes, crianças, trabalhadores, voluntários. Todos transbordavam vida. Ele a escasseava. É porque a existência dos outros acontecia de dentro para fora. A dele, de dentro para dentro. Os outros levavam energias para passear, estudar, trabalhar. As dele não ultrapassavam os portões de saída. De olhar enviesado e semblante imponente, possuía uma austeridade que se acomodava dentro de sapatos apertados e roupas ancoradas.

Em dado momento, uma menina visivelmente atrasada para algum compromisso correu para entrar no elevador onde ele se encontrava sozinho e intacto. Ele nem tentou evitar que a porta se fechasse antes de ela entrar. Já nas ruas, um balão se soltou das mãos de uma criança. Voou bem perto dele. Poderia ter soltado as mãos. Preferiu mantê-las presas no fundo da sisudez. E o balão se foi.

E assim percorria, incólume, os caminhos da omissão. Nada absorvia sua atenção. Ombros caídos sobre costas tristes eram tão pesados quanto a envergadura do olhar;

a ausência de sorriso. E a mudez das mãos. As mesmas que não saíram do lugar cômodo quando passou por uma senhora que pedia ajuda para uma ação voluntária. Sequer desabotoou a camisa da arrogância. Possuía mãos inarredáveis diante da necessidade do outro.

No entanto, uma o desarmou. Não que ele permitisse e tenha visto a tempo de evitar. Parado, aguardando o sinal abrir, a enrugada e suave mão tocou-lhe o arco de um dos braços — desenho que as mãos coladas formavam em sua silhueta. Olhou incrédulo, bem de cima da sobriedade, a pequena senhora. Precisava cruzar a faixa de pedestres. Em marcha lenta, como quem não possui panela alguma no fogo, ela atravessou grudada nele. Sem saída, ele encolheu os passos.

Porém, antes mesmo de chegar na metade da rua, o sinal fechou para os pedestres. Em fração de segundos, um veículo em alta velocidade surgiu entre os demais. Como ímpeto, talvez de sobrevivência, nosso jovem impenetrável tirou uma das mãos do bolso. O gesto de socorro desesperado, unido aos olhos arregalados diante da possibilidade do fim, impediu o carro de avançar.

Já do outro lado da pista, as mãos dela agradeceram a gentileza das mãos dele. Fez-lhe um carinho na bochecha e se foi, da mesma forma que chegou. E ele ficou, já sem a mesma forma. Havia sido tocado. Abandonou a armadura. Libertou as mãos. Soltou os passos. Destravou emoções e desengessou afetos. Mãos estavam, por fim, soltas, disponíveis. Desimpedidas de tocar e serem tocadas. Acessíveis como carrinhos de compras em supermercados. Já não eram apenas extensão de braços desfalcados diante do mundo. Eram mãos que acenavam e afagavam. Mãos livres de um homem recém-saído da prisão de si mesmo. O encontro não marcado com aquela senhora deu início à transformação do jovem de mãos coladas. Agora elas passeavam sem medo algum, como crianças alegres e serelepes nos parques.

Boletim de ocorrência

A tarde de verão era uma daquelas com o sol a pino na cidadezinha do nordeste paraense. Samantha escolhera o local para passar o final de semana com o marido. Tinha memórias muito afetivas dali, pois foi onde se conheceram.

Sentados no restaurante da esquina da praça, policiais almoçavam despreocupadamente. Afinal, a cidade estava mais parada que vento de verão amazônico. A tranquilidade foi quebrada, porém, quando um grupo de cinco pessoas esbaforidas chegou ao recinto.

"Delegado, delegado!! Um homem tá tentando matar a mulher dentro de um carro!!!"

Os agentes largaram o feijão, uns saíram com pedaço de peixe frito ainda na boca e a mão cheia de farinha. Correram direto para o local do crime. Dentro do carro vermelho, modelo Siena e com uma das portas abertas que deixavam ver as pernas torneadas de uma mulher, encontraram o casal. Um por cima do outro. Entre gritos, insultos, mordidas, bofetões e arranhões, a cena teve direito a plateia e torcidas organizadas. Uns aproveitavam para fazer *selfie* com o cenário de luta livre ao fundo. Outros enviavam fotos para as redes sociais. Até memes já estavam sendo criados.

Pescoçadas, braçadas, tentativas de defesa. Dois corações. Inúmeras histórias juntos. E mais uma agressão para contabilizar nas estatísticas. O plantão não seria mais o mesmo depois daquela cena.

A mulher: Samantha. Não era exatamente uma modelo. Mas possuía músculos definidos que pareciam pedra bruta moldada por mãos de um escultor. Chamava a atenção pela potência da pele morena. De estatura mediana, crescia quando se aborrecia. E aquela era uma dessas oportunidades. Olhos castanhos; cabelos negros, ela tinha a exata noção de sua força feminina. Aprendera, desde criança, que precisava ser destemida. A mãe criada no interior do Pará, a peso de farinha e açaí "papa" (nome dado à iguaria quando se apresenta grossa e espessa), reafirmava isso. E a fez ver o mundo assim: nesta vida, ou tu apanhas ou tu bates.

Definitivamente, Samantha não gostava de levar surra. Nascera de parto a fórceps. E desde pequena sabia, como nenhuma outra criança, que viera ao mundo desse jeito: na base da força. Como quem tem a obrigação de sair, mesmo não querendo.

No dia anterior à cena do carro, foi ao salão pintar as unhas de vermelho-paixão. A cor das fêmeas indomáveis, como dizia em alto e bom som. Teria uma noite tórrida com o marido na cidade onde nascera. Esse era o plano.

O marido, que atendia pelo apelido carinhoso de Dadinho, era jovem, trabalhador e cheio de hormônio para dar e vender. Iria, naquela noite escarlate, se deliciar com as roupas sedutoras de Samantha. Pelo menos, assim ela planejara.

Mas ele não compareceu. A galera da bola o convenceu a tomar umas cervejas. Varou a madrugada. Com o celular sem bateria, ficou incomunicável. E, mesmo na cidade com não mais de dez mil habitantes, a distância entre ele e Samantha ficou imensurável. Para ela, insuportável. Dadinho acordou no meio da manhã do outro dia, e achou melhor deixar passar a ressaca antes de voltar para casa. Foi contido no meio do caminho, no sinal vermelho. Só deu tempo de ouvir a porta do carro se abrindo, e ele sendo alvo de uma espécie de tacada de boliche. O derrubou sem chance de defesa. A mulher vermelho-paixão entrou e partiu para cima dele. Esganou. Esbofeteou. Arranhou feito uma gata.

Os policiais que chegaram à cena do delito, ainda sem entender nada, só tinham certeza de que estavam diante de mais um crime contra a mulher. Dispostos a aplicar a Lei Maria da Penha, conseguiram agarrar e tirar Dadinho do veículo. A mulher gritava feito uma louca, peitava o delegado (que a esta altura não estava com nenhuma identificação) e berrava, desesperada: "Não prende ele, não!!! Por favor, não prende! Ele não me bateu, não!".

Delegado e dois investigadores tentaram afastá-la, juntamente com os curiosos. Deram voz de prisão ao homem, que estava com a cara mais vermelha que as unhas de Samantha.

Àquela altura, Dadinho também implorava: "Me levem, me levem! Podem me prender!". E ela, de shortinho e blusa curta, deu um jeito e fugiu do local na hora da debandada das torcidas. Digo, dos curiosos.

Na delegacia, o marido mostrou as marcas do esmalte escarlate da esposa, que desenhara riscos no pescoço e antebraços, e quase o cegara com uma unhada perto do olho direito. Contou que não era a primeira vez que apanhava da mulher.

"Ela tem sangue quente, doutor", disse ele, de cabeça baixa. Não queria denunciá-la. "Temos negócios juntos. Não posso ferrar com ela."

Dadinho estava acostumado. Mas não devia. Não havia ainda lei como a "Maria da Penha" para defender homens vítimas de violência doméstica. Foi o que lhe disse Maci, uma das policiais que foi para o reforço das férias na cidade.

Foi convencido a fazer BO, o Boletim de Ocorrência, após ouvir do delegado acerca de um crime em que uma mulher, de tanto bater no marido, acabou matando-o. Assinou a representação contra a gata. Pelas dúvidas, preferiu não voltar para casa até as coisas se acalmarem. E ela também ser encontrada.

Samantha nascera de parto a fórceps. Dadinho não precisou de nada para tirá-lo do ventre materno. Espontânea e naturalmente, veio. Em algum momento da vida, ambos, por motivos que só constam do BO, se estranharam. Por razões fúteis. E se entenderam depois por outras razões mais, que Boletim algum conseguiria registrar. Tampouco justificar.

Cabelos verdes ao vento

Para mim, todas as árvores possuem copas que lembram os cabelos da gente. Andei pensando nisso, dia desses, ao observar as que se põem altivas ou serelepes, com madeixas em vários tons de verde, nas ruas que me levam ao trabalho. Ao longo da primeira avenida, há umas gigantes que vivem em uma espécie de condomínio fechado. Um santuário do ecossistema, com portão de entrada e tudo o mais. Bem na frente, uma exuberante samaumeira faz as vezes de anfitriã. Parece acolher, com um abraço frondoso, todo mundo que chega por lá. Colocaram-lhe o apelido de "pávula", um desses adjetivos bem do interior paraense, porque lembra pessoas que se enaltecem, tamanha sua perfeição ou feito.

Percorrendo um pouco mais o trajeto, vejo árvores com cabelos longos que caem sobre os galhos como se fossem braços, ombros e até peitorais. Outras vão deixando encher o topo com tufos encaracolados, estilosos e inovadores. De tão belo visual, parecem estar preparadas para algum evento social. Há uma que possui dois simétricos coques que lembram o de uma menininha ainda na inocência da idade. Pequena e de pernas grossas, essa arvorezinha observa, atenta, outras amigas já maiores, como se quisesse copiar novos modelos. Não saberia dizer seu nome — de verdade, nada entendo de espécies vegetais —, mas, se um lhe pudesse dar, a chamaria Yasmin. Acho nome delicado e é justamente sua aparente fragilidade que me presenteia, todas as manhãs, com seu lindo penteado.

E, por falar em amabilidade, uma certa árvore se identificou tanto com Belém que acabou ganhando boa fama. Virou aposto, apelido carinhoso. Para não dizer patrimônio cultural. A Mangueira, moça alta e muito simples, com volumes verde-escuros ou cor de violeta, como as madames, possui perto ou mais de quinze mil amigas iguais a ela, espalhadas pela cidade. Parecem muitas, mas são poucas diante da escassez de vegetação que tanto aflige as grandes capitais. Na Cidade das Mangueiras, algumas ruas só são menos calorentas por conta desses exemplares. Habitantes ou passantes já tiveram carros achatados pela manga, o fruto. É que, cansada ou somente pela emoção do voo, lança-se, livre e pouco preocupada com a lentidão dos carros lá embaixo.

Noutro dia, não faz tanto tempo, dei de cara com um exemplar de Chorona que me pareceu mulher descabelada. Deixava balançar os tufos verdes e soltos como se corresse por uma das vielas para chegar até o horto, aquele municipal, que compõe, da esquina da Rua Dr. Moraes com a Rua dos Mundurucus, um outro condomínio fechado. Possui menos moradores da flora. Porém, as cabeleiras esverdeadas que lá habitam estendem sombra à meninada que corre alegre pela grama. E que olha a vida também verdinha que se anuncia entre algumas outras plantas tropicais.

Ah, mas há também espécies vegetais com cabelo à escovinha. Tão bem cortadinhas que têm pinta de irem a alguma festa. Outras, com poucas folhas; aguadas, finas, ralas. Feito cabeças carecas ou com calvície. Talvez estejam com alguma moléstia que lhes tira até a vontade de pentear-se. Ou, quem sabe, andam trocando de visual, como tantas de nós, mulheres, amamos fazer.

Na volta para casa, se alcanço o entardecer, dou de cara com os ipês ao longo da Almirante Barroso. Estão ali, todas faceiras, essas garotas, que em determinada época do ano colocam lacinhos, fitas coloridas e adornos nas extremidades. Só para lançarem perfumes e charme a quem passa. São como adolescentes, em constante transformação. E, a cada novo florescer, colorem um pouco mais o ambiente de uma das mais longas avenidas da capital do Pará.

Antes do retorno, no entanto, percebo uma mais frondosa e orgulhosa, que julguei querer dar também uma caminhada. Não podia. Se fincada não estivesse, lançava-se como uma louca até o canto. Afastaria galhos, plantas parasitas e vibraria com os pingos da costumeira chuva da tarde. Ficou. Nos olhamos doce e compreensivamente. Tínhamos em conta, como sábias mulheres, que obstáculos e limitações fazem parte do crescimento.

Não há sequer uma árvore que não tenha histórias para contar. Muitas delas, em Belém, montam túneis com suas verdes melenas, soltas ao vento. Tons sobre tons de pura clorofila que, na ausência de cotovelos, falam pelos cabelos. Entrelaçam uns aos outros e transformam algumas ruas em espaços abertos para o bate-papo amazônico e tropical. Porém, há umas abandonadas; tão mal ou de nenhum jeito cuidadas, como quebradiços cabelos, sem vida, sem brilho. Desarrumados. Olho para todas e me vejo. Há dias em que saio com cabelos soltos e arrepiados, detalhe que, na maioria das vezes, reforça meu espírito apartado de tantas regras sociais. Em outras ocasiões, os arrumo de tal maneira que lembram árvores podadas por habilidosas mãos de jardineiros. Sem nada combinar, uno meu visual desgrenhado ou arrumado, não importa, às cabeleiras verdes que encontro pelo caminho.

Caixinha de afeto

Eu somava uns doze anos quando me vi diante daquela caixinha. Pequena, quadrada, com tom dourado envelhecido e uma imagem cravada na tampa que, infelizmente, não lembro exatamente o que era. Cabia na palma da mão. Minha avó paterna, Ana — de quem herdei o primeiro nome —, foi quem me presenteou com o objeto. Vovó tinha olhos afundados em olheiras, escuros, taciturnos, mas transbordados em afeto que me acolhiam toda vez que eu ia a sua casa. De lábios estreitos, pele morena clara, pernas e braços finos e voz mansa. Nunca a vi falar alto ou grosseiramente. Suponho que o fazia dentro de si, pelas coisas que eu escutava sobre sua vida, principalmente sobre o amor intenso que nutria por meu avô e que ele nem sempre retribuía e as mágoas e angústias que emitiam sons estridentes e ensurdecedores. Foram eles que a levaram um dia. E eu fiquei com a caixinha.

A surpresa ao abrir a tampinha era que, ao enroscar uma espécie de manivela, começava a tocar uma música delicada. Um clássico, talvez. E era como se algum pianista minúsculo estivesse lá dentro, dedilhando o rolo cheio de arestas de onde saía o som. Ainda que aquela não tivesse uma bailarina rodopiando sobre as pontas dos pés; tampouco espelho ou espaço para joias e coisas afins. Mas tinha o principal: a melodia!

A verdade é que era um chaveiro em forma de caixinha de música; com espaço para colocar uma foto no verso da tampa. Eu podia pendurar na mochila da escola e fazer o pianista invisível tocar até cansar. Ou até a corda parar.

Não raras vezes, nos deparamos com delicadezas que possuem um peso solene e único dentro de nós. São elas que nos fazem escutar sons e sair cantarolando inadvertidamente. Elas vêm no abraço apertado, na risada frouxa com os amigos, na criança que nos puxa pela mão para brincar. Ou em forma de caixinha de música.

Não lembro se agradeci minha "vó" pelo presente. Mas hoje é uma memória que toca fundo dentro de mim. Vovó, a de olhar triste e afável, foi se calando, deixando de emitir palavras. Um dia foi hospitalizada. E apenas o som frio de aparelhos hospitalares traduziu e transmitiu alguma emoção que porventura ela tivesse. Sem ela, algumas notas foram subtraídas; esquecidas. Fiquei com a caixinha. E vovó Ana, para sempre, tocou a alma da criança silenciosa que fui um dia.

Casinha de papelão

Era preciso observar a intimidade que Letícia tinha com a casinha feita de plástico e poliéster onde ela se sentia, de fato, a dona do pedaço. No caso, um brinquedo montado sobre uma armação de gravetos que, vez por outra, a pequena desmontava. E virava a estrutura de ponta-cabeça. Fazia do teto o chão. Pisava, pulava e deslizava como se fosse um escorregador (para nós, paraenses, o escorrega-bunda). E caía na gargalhada como fazem as crianças diante do ordinário, do trivial, do corriqueiro.

Era preciso registrar como entrava; como saía. E, principalmente, como a carregava de um lado a outro. Era uma casa em tons de rosa, com desenhos de princesas com cabelos coloridos. A entrada, um recorte que fazia o papel de porta. Havia situações em que levava o pratinho de fruta do lanche e comia lá dentro. Eu a havia presenteado, no seu primeiro aninho. E passei mais de um ano sendo, talvez, a única hóspede adulta a penetrar o recinto, além dos pais dela — meu irmão e cunhada. É que Letícia, no alto de seus dois anos e pouco, despertou a menina que ainda habita em mim. E ela — a menina — nunca mais voltou a dormir.

Vendo toda aquela alegria e a pequena a crescer em tamanho e peso, resolvi, no seu segundo Dia das Crianças, presenteá-la com outra casa. Dessa vez, de papelão — resistente e grosso. Um avanço diante do revestimento da anterior. Era como sair de uma choupana de paredes de plástico, literalmente, e ir para uma residência com porta, janelas em ambos os lados e uma abertura no teto simulando uma claraboia. Um avanço imobiliário e tanto!

    O novo ninho chegou dentro de uma embalagem grande, quadrada e estreita. As peças eram milimetricamente dobradas e preparadas para serem encaixadas, conforme o manual. Levei para a nova proprietária. No dia da montagem, Letícia pulava feito pipoquinha dentro de panela de pressão. Logo que viu a caixa grande no meio da sala, deu um grito de satisfação. Os olhinhos brilhavam, emoldurados pelos cílios grossos e curvados de nascença. Soube logo do que se tratava. Não que alguém lhe tivesse dito. Colado ao pacote, um desenho dava toda a dica. Ela logo percebeu, antes mesmo que eu tivesse me dado conta. Balbuciava eufórica, em linguagem própria, palavras de encantamento e entusiasmo diante da surpresa.

    Abrimos o embrulho. A cada peça retirada, Letícia se deslumbrava como alguém que, realmente, está diante de uma nova morada. Talvez tanta alegria viesse da sensação de segurança e aconchego que uma habitação representa. E da satisfação em se sentir parte dela ao ajudar a montá-la. Ela corria de um lado a outro da sala. Pegava uma peça, me entregava e gritava de felicidade quando via a parte encaixada. Não sem antes esconder-se em meio às formas do papelão que iria abrigar brincadeiras e imaginação. A nova residência possuía paredes laterais com janelas, coisa que a outra só tinha em forma de ilustração. Um lado montado e Letícia não conteve a ansiedade. Meteu a cabecinha pela janela, depois bracinhos, tronco, pernas e, pronto, entrava na casa de um ambiente só, do modo que bem entendesse. E como resolvesse explorar.

Uma vez montada, juntamos, eu e namorado, lápis de cera, canetinhas coloridas, adesivos com desenhos infantis. E a princesa da casa foi pintando, a seu modo e gosto, o exterior da nova morada. Com toda gentileza, nos convidou a participar da decoração.

Era uma casinha de papelão. Feita sob medida para crianças na idade de minha sobrinha. Porém, eu esquecera um dado importante: sempre fui convidada a entrar na casinha anterior. Naquela não seria diferente. Não pude, porém, ficar para o chá da tarde no dia da montagem. Dois dias depois, voltei. Levei estrelinhas, sol, lua, bruxinhas. Adesivos que brilhavam no escuro. Eram para decorar o recente lar. E, mais uma vez, Letícia não se conteve. Não satisfeita em apenas pregar cada um no teto e paredes internas, convidou-me a entrar. E a sair; e a entrar novamente; e deitar sobre o chão de tatame — mantivemos o mesmo da antiga habitação — para contar estrelinhas.

É preciso assinalar que passei o resto daquela tarde entrando e saindo da casinha de papelão. Não contava com o calor infernal do recinto. Perdi algumas calorias na visita. Ganhei memórias de menina que hão de habitar minha casa interior para o resto da vida.

O abraço

As águas barrentas do rio teciam o caminho natural até o local escolhido para a ação solidária daquele ano. No trajeto, olhar a cidade se apequenar diante daquele tapete fluvial engrandecia ainda mais as palafitas existentes. E resistentes às intempéries do clima quase sempre chuvoso da região amazônica. Eu sabia que precisava de intervalos de desconexão como aquele. Somente eles seriam capazes de me fazer imergir em mim mesma, sem pressa para voltar à tona.

Matizes de verde emolduravam um lado e outro do rio. Protegiam-no, de certa forma. Era inevitável que meus pensamentos navegassem entre os furos estreitos naquela imensidão de água. Como seria morar tendo o rio como quintal? Acordar, olhar para ele, fazer a higiene, pescar, tomar banho... viver dentro dele?

Eu refletia sobre a força divina capaz de arquitetar tudo aquilo, com tamanha exatidão de contrastes, quando o barco finalmente atracou no trapiche da ilha onde desceríamos para doar brinquedos, livros e, especialmente, atenção e afeto às crianças ribeirinhas.

Desci enjoada por causa das maresias enfrentadas — a do rio e a da própria vida. Mal tive tempo de me recompor, quando uma mãozinha me tocou a cintura. Chamava-se Pereirinha. Um curumim de cabelos eriçados e avermelhados. Falante e ávido pelas novidades que o grupo levara. Mas, principalmente, por mostrar o habitat aos visitantes.

A ilha com nome indígena carregava a magia das lendas amazônicas que Pereirinha ia logo fazendo questão de contar. Após meia hora caminhando de uma ponta à outra do local, sentamo-nos, ele e eu, em um toco de árvore. Observamos e rimos das crianças brincando de bola dentro do rio. Pulavam e se jogavam na água como se fossem botos cor-de-rosa — famosos no Pará. "A senhora já ouviu falar do Curupira?", perguntou Pereirinha. À resposta positiva, o menino se pôs a contar que, durante as noites, fica na beira do trapiche para ver o Curupira passar. "Não tens medo dele?", indaguei. "Claro que não", disse-me. "Ele apenas protege a floresta." E ainda imitou o grito da assombração. Eu ria por dentro. Estava encantada.

Ficamos ali sentados. Eu, Pereirinha e o toco de árvore; e nos abraçamos como se há muito nos conhecêssemos. Então veio a pergunta sobre o que eu ganharia como presente de Natal. "Nada", disse-lhe. E Pereirinha: "E nem um abraço?". Meio constrangida, disse-lhe: "Sim, sim. Isso, sim!". "Então, esse é seu presente! E é o melhor, porque é de graça", arrematou o menino travesso. E, antes mesmo de sair correndo entre as árvores, pulando e dando uivos de alegria, fechou os braços em um abraço apertado em mim. Emudeci. Fechei os olhos para sentir a energia toda da floresta concentrada naquele ato breve, porém puro; de incontestável afeto.

De volta ao trapiche, olhei mais uma vez antes de entrar no barco. Não havia mais rastros de Pereirinha. Entre as árvores, percebi uma espécie de sombra que ziguezagueava rapidamente. Foi tudo. Nem mais um sinal.

Naquela mesma noite, ouvi, já entre quatro paredes mudas, um grito distante e longo, de timbre alto e estridente. Apaguei as luzes; cerrei os olhos. Cobri-me. Para mim, o menino da ilha teria dado sinais. Para lembrar que quem flerta com a floresta está conectado a ele também. Senti o pelo eriçar. E imaginei o orvalho da ilha entrando pelas narinas. Instantaneamente, adormeci. Estava mundiada[3] por aquele abraço.

---

3 Termo paraense que significa "encantada".

O menino que recortava papel

Marquinho tinha onze anos quando virou uma espécie de ídolo da escola onde estudava. Tinha pele morena, cabelos ondulados, lábios grossos e olhar muitas vezes fixos no vazio, de onde só saía quando recortava papéis. Mas não era um recorte qualquer. O menino criava dinossauros, borboletas, sapos, estrelas, lagartixas, peixes. Tudo feito com os papéis que encontrava ou ganhava. Assim, possíveis animais e objetos que voassem, pulassem, rastejassem ou simplesmente brilhassem faziam a alegria da garotada. Todos acabavam participando das histórias inventadas por ele. Como a dos macacos que, certa vez, invadiram a sala de aula pulando sobre carteiras escolares, mesa da professora e, ainda por cima, levando borrachas, arrancando páginas de caderno. Teve um que até pegou o giz e começou a rabiscar o quadro, para desespero da professora e gargalhada dos alunos.

Às vezes era quieto; outras, tagarela. Na verdade, ele observava mais do que falava. Assim contavam seus colegas. Marquinho também estava entre os mais altos da turma do 401. Mas foi o tamanho de sua criatividade que o fez maior ainda. Dos recortes que ganhavam vida, Marquinho também reinventou a própria história.

"Achei muito bacana esse dinossauro!", disse-lhe, certa vez, o coleguinha Carlos Augusto.

"Eu curti mesmo foi esse sapo enorme e com cara de mau", ouviu de outro.

"A estrela azul me encantou", falou a romântica Ritinha.

E, na hora do lanche, os meninos corriam para o campinho:

"Vem jogar bola com a gente, Marquinho!" Ele olhava sem graça, ria com um canto da boca e voltava para sua distração preferida.

Todos notavam e entendiam que Marcus Vinícius — seu nome de batismo — se divertia mesmo era recortando papel. Mas ainda não sabiam que aquela forma de brincar era o que também marcaria a vida de todos eles.

E foi assim que, em uma tarde de sol quente, a equipe de um projeto de leitura visitou a escola. Queriam saber se havia alunos que gostavam de escrever ou desenhar. Iam produzir um livro a partir das histórias criadas ou contadas pelas crianças.

Muito sábia e atenta ao talento de seus alunos, a tia Matilde se lembrou de Marquinho. E falou também dos outros alunos que o ajudavam a dar asas a sua arte.

"Eles trazem de casa folhas de revistas, páginas de jornais e o que acham que pode virar personagens nas mãos dele", contou. E sentia um frio na barriga quando falava sobre isso. Era alegria misturada com emoção, porque ela também se sentia parte daquela história.

Todos ficaram bem felizes com a chance de mostrar o que o amigo sabia fazer. Então tiveram a ideia genial de criar o livro *O menino que gosta de cortar papel*[4]. Foi feito todo à mão, ilustrado com as criações em papel, coladas

---

[4] Título do livro criado pelos alunos da escola Panorama XXI, em Belém do Pará.

em páginas bem coloridas e grandes. Ficou bem lindo e cheio de muita dedicação.

    Na noite do lançamento, o menino que gostava de recortar papel deu autógrafos. Fez muitas fotos. E até saiu em matéria de jornal. Alunos, professores e a escola em peso vibraram e se divertiram muito. Afinal, eles estavam muito orgulhosos. Sem perceber, tinham dado uma linda lição a todos: a da igualdade, do respeito e da amizade verdadeira.

    Marcus Vinícius era um menino com autismo. Mas, para os colegas, ele era simplesmente o Marquinho, o gênio dos papéis. E, a partir daquele dia, uma verdadeira celebridade.

O velório

Velórios são ocasiões em que a gente sempre encontra parentes próximos ou distantes. Pessoas afáveis, engraçadas e outras nem tanto. Algumas, nem sabíamos que existiam até a hora derradeira do familiar em comum. Aquele que, no meio da capela mortuária, faz o papel de anfitrião às avessas, que não pode cumprimentar ou fingir que determinado convidado não é bem-vindo. Em sono eterno e profundo, reúne tantos diálogos ao seu redor, sem nem mesmo haver chamado nenhum dos interlocutores presentes. A menos que tenha feito algum pedido ou gravado vídeo ou coisa semelhante antes do ponto final. Em tempos de internet, pode-se esperar tudo.

Espaços de cafés amargos ou muito doces. Ambientes de paz (dependendo de quem foi o morto e do que semeou em vida, claro). De como aproveitou o intervalo, desde a hora em que chegou até a hora de bater a porta. E partir.

Oportunidade em que se juntam, no espaço frio e formal, corações de sobrinhos, pais, filhos — se os teve —, tias, primos, aderentes. Todos juntos. Há os que soltam frases, das mais comuns e corriqueiras, ditas nessas ocasiões. Outros apenas olham o morto; fazem o sinal da cruz; uma prece, talvez. Pedem licença, dão um sorriso amarelo e saem quietos como entraram. Outros dizem não gostar de velórios, ao que sempre me questiono sobre, afinal, quem eles acham que gosta. Além do coveiro e do próprio morto, não seria o local onde alguém escolheria estar, de livre vontade.

Houve um velório em que fui, o da tia Maria José, última irmã de minha avó paterna. Figura calma, elegante no falar, pausada nas atitudes e, como não poderia ser diferente, no andar. Já tinha mais de noventa anos! Discreta e econômica nos comentários e palavras. Possuía sorriso frágil, quase quebradiço, saído de lábios finos e afetuosos, como se nos cumprimentasse em um chá das cinco na antessala do tempo. Suave e serena. Sem pressa, a saborear o que ainda restava no fundo da xícara de porcelana, com detalhes de florezinhas.

Pouca coisa eu sabia de sua vida, se teve amores, se viajou, se se recusou a aceitar limites. Havia trabalhado como responsável pela farmácia de um hospital, é tudo o que sei da opção em ser independente e dona do próprio nariz. Para mim, uma mulher que carregava a dor de um amor não correspondido, talvez lá da juventude. Que em algum momento precisou escolher entre estar junto ou viver na própria companhia, como o fez. Aliás, companhia que não lhe converteu em pessoa amarga ou traumatizada por algum hiato, buraco ou pedras pelo caminho. Pelo contrário. Teve, ao seu lado, pessoas que cuidaram e zelaram por sua comida e remédios.

Titia foi uma dama como poucas que conheço. Elegante, ainda que jamais tenha exagerado em nada. Nem em roupas finas ou exuberantes; tampouco em maquiagens ou balangandãs. Possuía uma gratidão imensurável por sobrinhos e um amor eterno por um que foi o primeiro, meu pai. Ele, que se foi menos de dois anos antes dela e que, sem dúvida, rasgou-lhe o peito para nunca mais ser reconstruído. Talvez somente tenha voltado a ser inteiro depois que ela também partiu.

De pele clara, cabelos curtos ondulados e sempre arrumados, titia tinha olhos absortos. Como se espreitasse, lenta e discretamente, o próximo trem em alguma estação; porém, sem a agonia da chegada; sem malas pesadas. Sem qualquer inquietação desnecessária. Titia parecia ter a exata noção de que o trem chegaria na hora marcada. Agendada no tempo divino a que todos estamos sujeitos. Sem exceção.

Já fui a muitos velórios. O de meu pai foi um dos mais condoídos, como não poderia deixar de ser. O da titia, foi como se eu tivesse tocado uma boneca de porcelana, tamanha era a translucidez de sua pele sobre o rosto já tão magro, esguio, fino e de traços ternos. Titia Maria José, sem saber, deixou-me a certeza incontestável de que podemos nos despedir da vida com maestria, mesmo a tendo vivido sem grandes arroubos.

Fiquei reflexiva, como costumo estar em velórios e despedidas. Por que não tive a gentileza de dizer-lhe, na primeira oportunidade em vida, o quanto ela denotava delicadeza, resiliência e bondade? Por que não lhe perguntei como alcançou e cultivou tamanha elegância na alma? Já não dava! Tomei café. Rezei uma prece. Agradeci, toquei-lhe a testa e desejei-lhe ter sido recebida como a dama que aqui sempre foi.

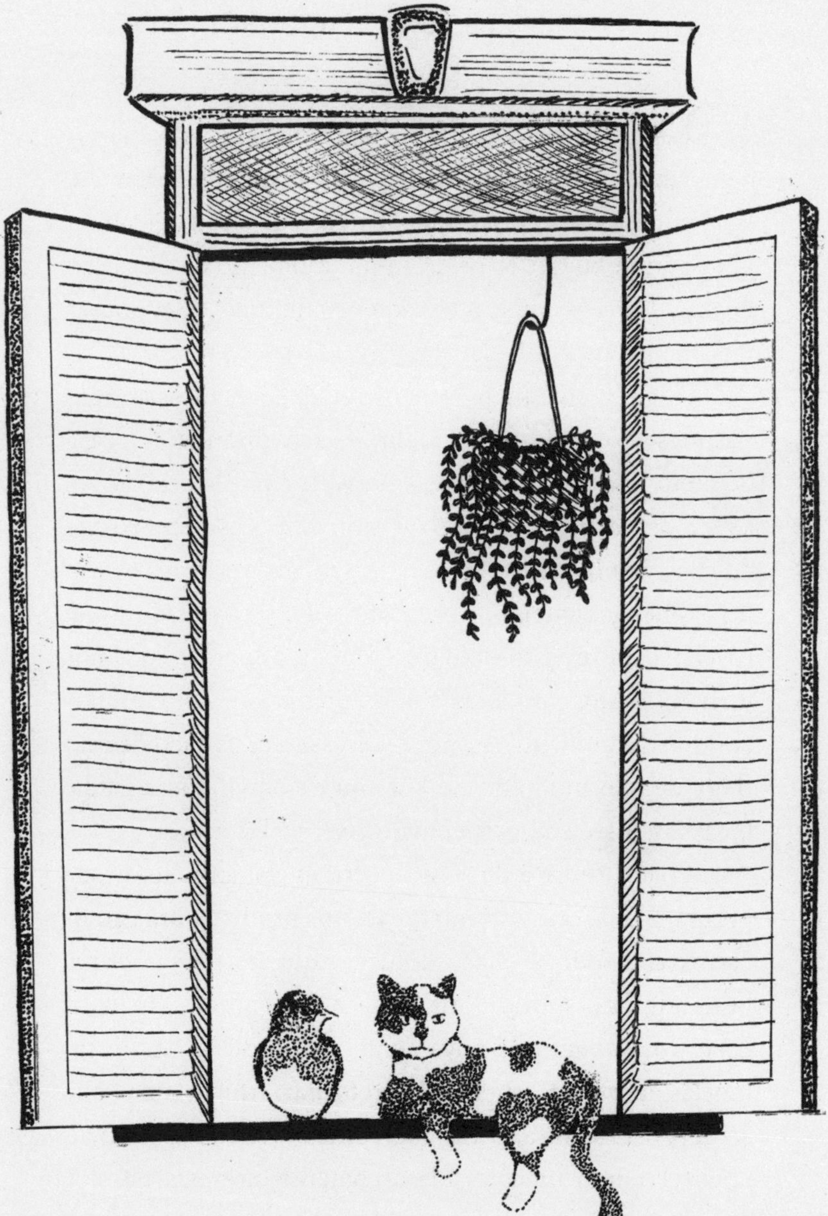

Passarinhos na janela

Passarinhos são visitas regulares na janela do apartamento. Vira e mexe, chegam três, quatro, e tem até um bem lindo, de cor azulada. Parece que o céu derramou um pouquinho de cor nele, em um momento de distração do Criador. E assim saiu voando pelo mundo. Para pousar justamente, na minha janela!

Quando eu e meus irmãos remexemos fotos antigas — antes, isso acontecia em almoços de domingo na casa de meus pais —, folheamos álbuns e reviramos caixas em busca de vestígios nossos quando crianças, lembro-me dos passarinhos. É como se o passado espiasse, manso ou desassossegadamente, o presente; o agora; a nossa casa. E revelasse entre rostos, olhares, roupas, as pessoas que nos tornamos após inúmeras quedas pelo caminho. E muitas conquistas também. Assim, esperasse um pedaço de mamão, de pão molhado no leite ou de banana amassada; bicasse e fosse embora, em voo célere e faceiro.

O que deixava de sobras, seriam elas indício de sua permanência, que, mesmo breve, nos produzia uma emoção arrebatadora e quase afônica. Aqui aterrissava. Aqui, bem aqui, no agora. Batia as asas do tempo, planava... E até voava para trás novamente. Para pousar em outras janelas abertas. E, quem sabe, retornar. Afinal, o passado sempre bate à porta. Ou se põe, como dono do pedaço mais apetitoso da fruta colocada no batente da fresta estreita, entreaberta dentro de nós.

E ficamos ali, assistindo — ora rindo, ora entre lágrimas incontinentes —, do sofá cativo de nossa existência, ao inadiável e imperdível espetáculo: a vida retratada dos outros (avós, tios, pais, primos, amigos). Mas, sobretudo, a da gente. Essa mesma que nos convida a voar ou assentar sobre cenários nem sempre conhecidos. Espaços que permitem à existência estabelecer pausas. Tão necessárias para não perdermos momentos de contemplação como os de passarinhos na janela.

Pássaros em pleno voo

Férias parecem pássaros em pleno voo. Suaves e serenos. No céu azul, sem nuvem alguma, como se fizessem um show. Para mim, lembram o celular na função "não perturbe", só para não interromper a contemplação do ócio. A cerveja tomada na beira do tempo, em plena segunda-feira, com esforço apenas para brechar a liberdade. Brechas na rotina para cavucar a própria expertise em desocupação; desídia; desaporrinhação. Espontaneidade!

Forçadas ou não, acho mesmo que essa suspensão da rotina depende de quem pausa, onde se pousa. E, principalmente, como se voa. Muitas férias que tive começaram tarde e terminaram cedo. Foi essa a impressão. Às vezes iniciavam só na saída; ou terminavam logo de cara, quando o primeiro dia mal acordava. Houve espaços de pausa que se iniciaram em mesa de bar ou se findaram sem eu ter posto os pés em lugar algum. Na realidade, foi descanso das buzinas insistentes; suporte da trégua da exasperação. Certo dia, amanheci e coloquei música clássica. Era uma manhã sem calendário! Tapete de yoga estendido sem pressa no chão, e espalhei o corpo sobre a tal serenidade. Eram os próprios espaços serenos de mim mesma. Tão necessários como sombrinhas em dia de chuva. Mesmo chuvas ansiosas de verão. Nas necessidades materiais, já tive férias que viraram dinheiro. Foi como se eu houvesse vendido a liberdade ou a expectativa dela. Apertei o botão do *pause* bem no meio do filme. Ou antes mesmo dos primeiros *frames* de mais um belo roteiro que poderia viver.

Fiquei ali, permanecendo no mesmo *script* do expediente que não consegui adiar. Declinar.

A gente trabalha só para entrar de férias. Tanto que já pensei assim… E, quando entrava, já queria voltar à labuta. É que corpo e mente nem sempre se entendiam quando em posição de descanso. Hoje, esses momentos são uma licença que me concedo para escutar solidões; extravasar emoções; gritar, mas sem atrapalhar o vizinho. Sinto como repousar as asas da super-heroína, sempre de prontidão para ajudar família, amigos e até nem tão amigos. Férias me dão uma sensação de ócio criativo; encontro com neologismos — aquelas palavras que a gente vai criando para extravasar euforias e risos.

São vãos entre mim e os tempos corridos das coisas, situações; relógios. A respiração tentando desacelerar bem no meio da agonia da agenda. Solto os pés que, descalços, podem reencontrar, firmar e sentir terra, centro, e o equilíbrio do corpo. Levo um tempo para perceber que férias bem vividas possuem uma dose de dedicação combinada com disposição e habilidade para sentir, exalar autenticidade. Sem culpa, sem peso; sem moderação. É como entrar na roda-gigante e parar lá em cima, só para tentar tocar o céu; observar estrelas. Respirar! E depois parecer cair no vácuo. Aquele que fica entre o voo e o pouso dos pássaros. Bem ali, naquele céu azul que, colado ao mar, é capaz de acalmar desesperos e reforçar minhas saudades.

Penso que algumas férias podem ser os últimos dias de agendas abarrotadas. Ou os primeiros onde posso provar o sabor do fazer nada. Férias dão uma trabalheira! No entanto, sem elas, funciono no *play* o tempo inteiro. Sem me dar a chance de retorno. Sequer de um voo suave e rasteiro.

Que tal um cafezinho?[5]

As mãos dela tecem flores de filtros de papel usados para coar café; moldam folhas e galhos; revestem frascos de vidro. É amor coado em criações e reinvenções de novas e velhas formas de demonstrar bem-querer. Tudo com alto grau de personalização. Afetos "embalados a vácuo" para não estragarem. Criações injetadas nas veias do presenteado com pensamentos e os modos de ela ser. Sangue puro de regalos adoçados com amor. Histórias e memórias que vão surgindo em longas conversas antes mesmo de terminar o café da tarde.

Não há festa ou encontros na casa de vovó Dirce, que de lá cada filho, neto, bisneto — ou novos agregados — não volte com uma lembrancinha por ela preparada, ainda que sua mão direita esteja tola — como ela mesma diz — por causa de uma disfunção neurológica. Ela já fez muitos adornos, bordados para os recém-nascidos da família; peças cravejadas com miçangas e paetês; sachês de crochê para perfumar guarda-roupa. Ou ainda "fuxicos" de tecidos que viram mimos natalinos; um recortadinho de publicidade de revista ou papel de presente se transforma em cartão de aniversário.

Nas mãos da vovó — não menos no coração — nada se perde, tudo vira expressão de afeto e carinho. Amor, enfim.

---

[5] Esta crônica foi escrita em parceria com Nélio Palheta e publicada no livro de família produzido em comemoração aos 90 anos da avó da autora.

E, quando se toma café pensando nela, não se joga no lixo o filtro de papel em que se coou a bebida. Seria desperdício. Antes mesmo de se falar em reciclagem de materiais, para não poluir o meio ambiente, garrafinhas revestidas com os saquinhos de papel já eram uma de suas criações preferidas, destinadas a animar corações, com a mais pura expressão do "cuidar de quem se ama". Nesse caso, não importa a forma, mas o conteúdo subjetivo dos presentinhos. Ela já foi capaz de devolver imagens de santo que ganhara de presente no aniversário, na falta de uma lembrança de próprio punho, só para não deixar passar em branco a data do festejado.

Sobretudo no coração da minha avó, objetos comuns, em desuso, significam não a perda, e sim o estímulo à reutilização; recriações que deixam marcas indeléveis sendo simbólicas do pretérito. O que no passado se verteu de frascos não tem mais importância se deles derramam-se agora sentimentos com selo de exclusividade. Suas artes carregam o aroma inigualável de amor que vovó emana a todos. Lembrancinhas são grãos de zelo, delicadeza e doçura. Intensos e suaves ao mesmo tempo, como se fossem a essência dos melhores grãos cultivados do café que impregnou a utilidade de papel na cozinha. E a nossa alma. Coisas simbólicas da vida, nem sempre doces.

Mesmo o que é forte para nós surge sem acidez, vindo dela na forma de um sentimento personalizado e transfigurado em algo material — sinal de que, horas bordando, recortando e colando, alguém estava nos pensamentos da minha avó, geralmente arrematados com uma oração.

Lembro-me dela toda vez que passo café no filtro de papel — que de pano não existe mais na minha cozinha. O hábito de tomar a bebida no final da tarde implica pensar no perfume imaginário das flores brotadas de um material estéril ao qual vovó dá vida ressignificando coisas que, se não fossem suas habilidades manuais e as virtudes indizíveis, não se eternizariam. Assim, ela renova memórias que se perderiam com o tempo. E, com elas, o sentido maior de atos aparentemente banais, como tomar o precioso líquido escuro. O que ela quer mesmo é que reguemos o afeto contido em cada gole. Que tal agora um cafezinho?

O resgate do gato Lion

Se sete vidas os felinos realmente possuem, naquela tarde de maio, o gato Lion, de meu irmão mais velho, deve ter queimado uma delas. Literalmente, como contarei em detalhes. Ele tinha pelos mesclados das cores preta e branca. Focinho e orelhas eram escuros e no restante do corpo, incluindo as patinhas, as duas cores se intercalavam. No colo, parecia possuir um cachecol cor de algodão.

Lion tinha olhar desconfiado e intimidador. E me mostrava a arcada dentária intacta e afiada todas as vezes que eu ousava olhar para ele. Não sou ailurófila — acabei de encontrar essa palavra para definir o amor pelos gatos, por pura curiosidade. E exibicionismo, talvez pela convivência, mesmo que intercalada, com os gatos do meu irmão. Vale ressaltar que também não sou perversa feito um menino que morava na rua de minha casa quando eu era criança. Ele costumava arremessar à parede qualquer gato que se arriscava a cruzar seu caminho. Por pura maldade. Ou diversão, na visão dele.

Não vou citar nome, tampouco descrever todas aquelas cenas, porque Lion me aguarda. Aliás, foi isso que ele fez por algumas horas quando resolveu dar uma voltinha e sentir o vento na fuça. Explico: eu beirava meus últimos dias de férias, quando saí da casa de minha mãe para ir a uma aula de pilates. Na descida para a garagem, vi a procura pelo gatuno por todos os cantos possíveis e imagináveis da casa de três andares. Ainda que estivesse com pressa, também participei da caça ao foragido. Busquei-o debaixo do carro, dentro... e nada do Lion! Imaginei que devesse ter arquitetado uma fuga. Ou andasse ensimesmado por conta de uma possível viagem para o Sul, onde o dono dele estava morando, e tinha pretensão de levá-lo para lá. Gatos gostam de conforto. E uma viagem de avião dentro de uma caixa fechada não estava nos planos de Lion.

Sem sucesso na caçada, liguei o carro e fui embora para minha aula. Pouco mais de seis quilômetros me distanciavam de meu destino. No meio do caminho, escutei uma batida embaixo do carro. Julguei ter sido uma pedra. Ou um buraco desses que têm adornado as vias de minha cidade. Quando estacionei, saí como de costume; e acionei o alarme. Olhei pra checar se o carro estava bem travado. Então percebi que havia algo estranho na parte da frente. Para meu espanto, era Lion, o gato do cachecol branco. Tinha um metro de língua para fora; babava feito um condenado sedento por um gole d'água. O calor infernal em que se meteu perto do motor só não torrou rabo e orelhas porque ele soube se manter quieto, suponho.

Por uns segundos, não soube o que fazer. Retornaria para casa com ele enjaulado? E se mais uma vida ele perdesse ali dentro? Tentaria retirá-lo sozinha? Não podia. Seria insano. Pedi ajuda. Quando chegou o pessoal do resgate — falei "pessoal" para que fosse sentida toda a tensão e emoção da cena, mas era apenas um amigo —, levamos o carro com o gato preso, espantado e ouriçado, até uma oficina. Lá, puxaram-no pela traseira; ele à grade se agarrava, miando desesperadamente. Com agilidade e uma flexibilidade avançada — eu não faria melhor na sessão de pilates —, dava pulos no interior do para-choque. Acho que pensou que dali só sairia se fosse para voltar da forma que chegou: de carro. Lamento que, nessas horas, o sentido apurado do faro do gato não tenha notado o perigo em que se metera.

    Puxa daqui, puxa dali, e ele tentando fugir o tempo todo para mais fundo da grade, eis que saiu puxado pelo rabo. Amedrontado, e com unhas afiadas, quase arranhou o pessoal do resgate. E, dessa vez, eram três e mais eu de apoio. Ainda que eu somente estivesse dando força e coragem ao gatuno e pedindo cuidado à força-tarefa de resgate. Já disse, não sou amante de gatos, mas deixar Lion torrar naquele motor em mais uma viagem de volta para casa, ah, isso eu jamais faria. Voltou na casinha dele, que era de onde não devia ter saído. Hoje, mora no Sul. E, com certeza, seu cachecol branco natural o está ajudando a suportar o frio que chega para as bandas de lá.

Sem anestesia

Eu tinha vinte e dois anos, ou pouco mais que isso, quando ouvi a frase de um conhecido que sentara na mesma mesa do bar onde eu estava com uma amiga. Ele se aproximou, já meio trôpego, e disse, sem que nenhuma de nós perguntasse, que a separação é uma cirurgia sem anestesia. Comparou a abrir a barriga de cima a baixo; escancarar o peito sem bisturi.

Disse-nos isso naquela mesa tosca e de plástico, com as letras e cores do álcool, como se fosse uma confissão desesperada; angústia sem tempo, sem força para passar. Um esboço de gente ali desamada, arrebatado de aflições. Contava-nos sem vírgulas, em uma algaravia enfadada do coração cambaleante e dilacerado.

Bebeu, de uma só golada, a cerveja quente. Tragou a bagana de cigarro no canto da boca, derramou sobre a bebida as lágrimas que lhe restavam após o gesto final, o ponto de exclamação impiedoso que teve que escutar, calado, da mulher amada. Nada comentamos, pois era evidente que ele não nos escutaria. Pegou restos de petiscos já passados e cheios de mosca. E ali, diante do copo mal lavado da inclemência, cuspiu a angústia comiserada da perda do que já não vinha sendo, mas que insistiu em continuar bebendo na fonte maltrapilha da paixão. Na inquestionável entrega de corpos e da própria indecência incontida das estranhas entranhas dos amantes. Estavam juntos há três anos. No início, parecia que as diferenças não pesavam. Mas pesaram depois.

Foi entre suspiros e um olhar distante, que nos falou sobre aquele fogo inicial da paixão que tudo cega e tudo aceita; dos dias a dois felizes e dos momentos de intrigas que queria esquecer. Porém, disposto estava a desculpar, a aquiescer. Não houve mais tempo. A cirurgia foi inevitável. A mulher não mais o queria. E não houve como recompor órgãos, sentidos, abraços. Ali, naquele bar, ele esboçou uma tentativa de reerguer-se. Não pôde. Como se estivesse deitado na sala de cirurgia e tentasse pular da maca estreita onde jazia dentro de si mesmo. Já respirava com ajuda de aparelhos aquela relação, era o que pensava. Batimentos em inquietante aceleração davam sinais do derradeiro momento. E foi.

Cirurgia sem anestesia. Assim descreveu a separação.

Prostrado sobre a mesa, com olhos esbugalhados, mãos trêmulas e mente em ebulição, levantou-se, de repente. Tomou o último gole de cerveja. Deu um riso curto e se foi da mesma forma que chegou. Meio de lado, e sem o outro lado que parecia completá-lo. Derrubou o copo. Entornou a mágoa; secou a lista do "E se...". Foi embora assim, com a dor dilacerante e exaustiva do não.

Sem mar

Nasci em uma cidade sem vista para o mar. Sem mar. Um detalhe geográfico que cria uma espécie de orfandade em mim. Como se em outras vidas eu tivesse vindo dele, morado e afundado nele. Para mim, o som que vem do mar converte lugares mornos em espaços perfeitos. Eternos. Inesquecíveis. Ou algo bem parecido com isso. Mesmo que eu acredite que toda perfeição seja a convergência de minúsculas imperfeições cotidianas.

Há, no entanto, o rio. E, mesmo com o hiato de mar que carrego comigo, foi para ele que corri e aceitei enfrentar a maré naquele dia quente e naturalmente abafado da minha cidade. Íamos desbravar um furo do rio Maguari. Pela grandiosidade, pareceu um rasgo inteiro naquela vastidão fluvial. Na margem, árvores de todos os verdes e tamanhos davam uma volta inteira, sem fim nem começo. Cercavam a morada do tempo e abusavam da vastidão de nossa imaginação. Caules pareciam formar uma rua longa, com casas de portas abertas, esperando alguém entrar. E espiar, por alguma brecha, as vidas cotidianas que acontecem por lá. Onde o sobe e desce das águas barrentas é a bússola dos ribeirinhos.

Quando chegamos, o rio estava com o semblante descansado. Anunciava-se majestoso como tapete vermelho em dias de festa. Não havia ondas, nem leves nem atabalhoadas. Era condição ideal para a prática do esporte escolhido. Antes de iniciar a jornada de equilibrista sobre uma prancha, sentei-me descalça e nua de vaidades, na beira do tempo. É que, no meio do quase nada, havia um bar flutuante. Ali, abri os braços para bajular o vento; e saborear a perfeição singular da vida tão bem representada pelas águas. O rio, nossa estrada. O rio, nossa morada. E ele estava bem ali, sob meus pés molhados que tateavam a pele dele com respeito, admiração e um grau de emoção disfarçada.

Era chegada a hora de flanar. Desci meio sentada sobre a prancha de surf para poder subir mais segura e confortável. A um dos tornozelos, me foi amarrada uma cordinha de segurança. Iria me manter presa ao equipamento. Se eu caísse n'água, o rio talvez me cobrisse, mas não me engoliria por completo. Porém, regurgitaria minhas distrações e até meu encantamento. Mas ele parecia desconsiderar meus medos, pernas trêmulas, respiração ofegante. Só parecia. Por ser contumaz em correr em direção ao mar e oceanos, carrega consigo a noção exata das intempéries do caminho. E das gentes.

Delicadamente, ele me abraçou. Permitiu também tocá-lo. Provocou, como em um fuxico, meu corpo minúsculo diante da grandiosidade do lugar. E me autorizou a invadir a sinuosidade de seus furos. Levavam ao desconhecido; demarcavam um trajeto também indecifrável. E, por isso mesmo, desafiador. A cada desequilibrada sobre a prancha, rompia em mim uma risada tensa da liberdade ensopada de alegria.

Deixei-me levar. Remar de um lado a outro para aproveitar a materialidade das sensações concretizadas no cheiro do rio. Na impermanência do rio. Na imensidão do rio. No rio! Ele estava ali, apto para receber as imprecisões de meus movimentos. E eu, para ser acochada pela perfeição de suas lambidas barrentas.

Por razões naturais, rio e mar mudam de rumos; sobem, descem, suspendem nossas pequenezas, transformam paisagens. Foi assim que, no final da tarde, o cenário natural havia mudado. O rio, que pela manhã estava em um nível abaixo dos caules das árvores da margem, as havia coberto e deixado apenas o topo de fora. Transbordado pelo toró da tarde, o Maguari as engolira, suave, lenta e absurdamente audaz e sedento. Como se o aguaceiro tivesse empurrado o rio e ele caído para dentro de si mesmo.

Já de volta e encostada no bar flutuante, fiquei bolinando aquelas águas, aquele tempo gris que mordeu a tarde todinha. E me levou para bem fundo de minhas próprias miragens e vontades — sem corda alguma presa ao tornozelo. Garimpando minhas imperfeições diante daquela perfeição incontestável da natureza.

Nasci em uma cidade sem mar. Mas há o rio para passar uma chuva. Para passear com ouvidos atentos, boca fechada e olhos desmareados. E escutar o sussurro das batidas, das correntes d'água na proa dos próprios pensamentos.

Sem Tristão

Izolda — assim mesmo, com Z — não tem exatamente um Tristão na vida. E, até o casamento, foi fiel a todas as leis da igreja; especialmente as que se referiam aos desejos carnais. E isso lhe é motivo de orgulho.

É uma das seis mulheres entre dezesseis irmãos. Mãe de dois filhos, tudo o que faz é pensando neles; no conforto e sucesso deles. Quase nada para si. Certa vez, confidenciou-me que queria ter tido mais crianças. O médico não aconselhou. Ela sofre de epilepsia, uma das poucas razões, aliás, que a faz faltar ao trabalho; isso no caso de ter tido alguma crise.

Nos conhecemos há mais de trinta anos, desde quando entramos juntas no serviço público. De estatura baixa, voz aguda e timbre alto, Izolda é daquelas pessoas que não possuem "papas na língua". Fala o que lhe vier à cabeça; e geralmente nem sempre com palavras suaves. Em sua maioria, verbetes largos e imoderados, se me entendem. Mas nem isso significa que seja movida pela razão. Ao contrário, ela é pura emoção. Coração que, a um único toque, pode se desmanchar em lágrimas. Contudo, jamais a vi chorar.

De jeito esbravejador, às vezes sem medir consequências, tem o riso como maior antídoto para fugir da dor. E também o mais perverso veneno, no caso de alguém ousar colocar em xeque suas virtudes mais legítimas, crenças e qualidades. Nessas ocasiões, Izolda se transforma. A gargalhada fácil e escrachada se converte em escárnio.

Em nome do amor e da religião, toma decisões nem sempre assertivas. Porém, é a maneira que encontra para manter casamento, casa, filhos e outras condições que lhe são mais caras. Temas de âmbito estritamente pessoal e intransferível não são discutidos. E nem adianta contestar. Ninguém teria ou tem esse direito.

Quando invade — pois ela jamais entra, tampouco bate à porta — uma das salas do trabalho, todos já sabem que vem algum comentário seguido de gozação pela frente. Ao se deparar com um funcionário novato, não titubeia: vai logo perguntando nome, sobrenome, registro civil e toda a ficha do cidadão. Se mulher, quer saber sobre filhos, se é casada ou onde mora.

Pensando bem, com ela a gente cai na gargalhada ou se entreolha pensando que Izolda faz parte daquele grupo de pessoas dispostas a não mudar maneiras, hábitos e costumes por causa de etiquetas ditas sociais e cheias de hipocrisias e ofensas inconfessas. Não é tão simples aceitá-la em toda a sua autenticidade. E também na ingenuidade que possui para entender certas situações. Por vezes, inconveniências de sua parte rendem desgastes que, com o tempo, são assimilados como normais. Espécies de lutas que ninguém quer enfrentar.

Odeia injustiças; maus-tratos ao público em geral, especialmente crianças e idosos. Quando vai prestar serviços em hospitais, sai de lá e logo providencia roupas, comida e tudo o que os pacientes do interior precisam naquele momento de dor. Atitude que denota toda sua humanidade e empatia perante as dificuldades alheias.

Para muitos, ela é uma louca de pedra. Para tantos outros, uma verdadeira lenda. O certo é que não passa ilesa entre arquivos, papeladas e cenas corriqueiras, e um tanto novelescas, do ambiente de trabalho.

Izolda — assim mesmo, com Z — poderia ser inspiração para alguma história medieval. Não seria exatamente a princesa esperando por algum cavaleiro Tristão. Mais fácil ser a indômita salvadora de muita gente.

Sons da pandemia

Havia um roçar frequente de patinhas caninas no teto. E um espreguiçar de alguém em uma rede no apartamento ao lado. Lá fora, o burburinho matutino de uma família que mora na casa em frente ao prédio. Já ia uma década desde quando me mudara pra ali.

No entanto, precisei de poucos meses de pandemia — aquela que começara no distante continente asiático — para escutar sons bem próximos e até pouco tempo inaudíveis. Ou que devem ter passado despercebidos por meus ouvidos lotados de tanta informação.

Entendê-los agora era como decodificar traços, notas ou até descompassos de desassossegados vizinhos. Cada despretensiosa escuta me fazia pensar: *me diz que ruído fazes e eu te direi quem és!*

Ruídos entre paredes são como verdades abafadas. Desconcertadas. Porque chegam entrecortadas, feito notas musicais sem conexão. Conectam, mas sem precisar bater à porta do vizinho, gostos musicais, barulho de sacolas de supermercado, latidos, roncos, emoções. E até mesmo silêncios. Esses dizem tanto!

Foi assim que comecei a imaginar que a brincadeira de animais no apartamento de cima sinalizava o quão dóceis deveriam ser meus vizinhos! Deles — dos vizinhos — jamais escutei um pio sequer! Mas dos caninos, ahh... Como se mexem e remexem no piso que, por sinal, coincide com meu teto, como se brincassem de lixar as garras!

Certa vez, aconchegada em pensamentos de sofá, me assustou aquele farfalhar de arranhões. Pensei serem ratos. O que me deixou aflita e desesperada. Imediatamente percebi que eram cachorrinhos — quem sabe as únicas companhias de algum vizinho (ou vizinha) solitário.

Por fim, sigo com a farra deles no assoalho. Dos cachorros, claro! Vivem na saleta cuja posição se alinha à minha estante de livros. Lá, por certo, há ossinhos de borracha espalhados pelo chão, uma caminha dessas que os donos preparam para a sesta dos bichanos ou, ainda, um daqueles brinquedos para pets já desgastados de tanto serem lançados pra lá e pra cá.

Essa cena, aliás, lembrou-me de uma amiga. Ela tem uma galinha velha e esquelética de borracha que joga pra cadelinha brincar. Mas esse é assunto pra depois se escutar. E por falar em sesta, aproveita mesmo estes tempos de pandemia o vizinho da porta ao lado. Dali, todas as tardes, um bocejo fenomenal! Ele acaba de se espreguiçar! Não tenho dúvidas!

Após ter se atracado com um litro de açaí, ele passa o resto da tarde sobre a "baladeira"— rede, em *paraensês*. E esse nhec-nhec do punho que arranha o gancho que a sustenta, soa feito canção de ninar. Um ranger sonoro que atravessa o ar e o quebra na volta, lento e despretensioso.

O ruído mais esperado, porém, é no momento em que ele acorda: lança à plateia obscura do outro lado do tapume de concreto um gemido de satisfação! A acústica da parede o golpeia e o distribui à vizinhança que, a esta altura, está com os ouvidos pregados aguardando o *grand finale* do vizinho do 201!

Apuro mesmo para que terminem estes tempos de confinamento tem a moradora do apartamento em frente ao meu. Certa vez, ao cruzarmos as escadas, falou-me quão desesperador era manter no compasso os dois filhos pequenos ali dentro. "Fazem muito barulho!", dizia-me.

Sorri e pude constatar que em sua lida diária não existiam intervalos para sinfonias tais quais eu ouvia do aconchego de meu lar. Ora tomado por arranjos dissonantes, ora arrastado por acordes dignos de escutar. Da vizinha, lamentavelmente, foi possível tão somente captar o compasso difuso da missão maternal. Sorte minha não sofrer de fonofobia. Afinal, o sossego interior sofre alguns arranhões com os agudos emitidos pela vizinhança em frente ao prédio.

Quando não são gritos da matriarca, obrigo-me a ouvir músicas de estilos variados. Trepidam minhas janelas e ressoam desconcertantes. Há dias em que canções religiosas dominam o repertório. Contudo, em outros, submergem letras de caráter não tão digno do reino dos céus.

Já li, inclusive, que gosto musical define personalidade. Assim sendo, naquela casa de três andares se esbarram e convivem de modo igualitário, singularidades e múltiplas cifras. Como cadências comportamentais. Orquestra sem maestro e todo mundo tocando junto. Por fim, escutam-se mais risos e aplausos do que vaias. Sinal de que arranjos improvisados produzem convivências agradáveis.

Não sei ao certo se consigo definir o estilo de cada vizinho. Sei, no entanto, que há um som que supera todos os demais. Começa perto das seis da manhã. E me lembra que despertar ouvindo-o é saber não apenas quem são seus autores. Mas por que e para quê cantam. Passarinhos são os agradáveis vizinhos matutinos. De todas, é a melhor melodia. Aposto que a vizinhança conhece e até pare para escutá-la. Tempos obscuros e ruidosos de pandemia pedem composições que afastem o perigo da solidão. E amenizem histerias.

Vazamentos

Vez por outra, a vizinha do andar de baixo reclama de uma água que cai no teto do quarto dela. Ao que tudo indica, parece ter origem em algum vazamento no banheiro do meu apartamento. O problema, vira e mexe, nos incomoda. Sorte sermos, além de vizinhas, boas amigas de longa data. Isso facilita resolvermos o problema que nos revisita, agora, com mais frequência. Mandei quebrar parede, piso, substituir canos e torneiras, só para resolver a situação. E por um tempo tudo pareceu ter ficado tranquilo.

Porém, dia desses, voltou o que ela chama de "cachoeira" no dormitório. E lá fomos nós, com muita paciência e boa vontade, tentar encontrar onde está o tal vazamento fantasma. Não vemos, mas sabemos que ele existe. Como situações incômodas que se repetem na vida cotidiana da gente e para as quais precisamos promover reparos periódicos. Consertos e ajustes no que parece entupir e atrapalhar o curso normal dos relacionamentos.

Quando conheci meu namorado, naturalmente tive acesso as suas preferências musicais. Ainda que de muitas das melodias que ele escuta eu goste muito, tenho tendência a outros estilos e artes. Sou das letras, dos livros, da escrita. Aos poucos, fomos experimentando os gostos de cada um. Como pequenas e contínuas goteiras no teto, algumas músicas que ele me mostrava soavam sem nexo. Pior, irritantes. E eu, sem dúvida, devo ter lido a ele textos que transbordavam como incógnitas. Frases desconexas.

Certa vez, no carro, ele pediu para escutar uma música. Assenti. A voz do cantor era gutural e, aos meus ouvidos, mais parecia um grito, um urro, um monstro rouco com garganta inflamada, tentando cantar. Entusiasmado com a performance do artista, ele comentou, em tom de elogio, como era brilhante e incrível que ele conseguisse passar duas horas cantando daquela maneira. Sem pensar muito, eu disse que incrível mesmo era alguém passar duas horas escutando aquilo. O riso foi inevitável e até hoje ele conta essa história aos amigos roqueiros. Não para abalar estruturas ou causar fissuras em nossa relação. Mas para selar um pacto tácito de respeito e amizade.

Com o tempo, se não forem encaradas como partes de um todo, algumas diferenças aumentam. Causam mágoas e decepções silenciosas que se intensificam e percorrem cursos inimagináveis — como a água que está caindo no apartamento abaixo do meu. Se todas as vezes que eu escutasse alguma música que soasse ruim aos meus ouvidos ou ele lesse algo que não faz sentido algum, fôssemos suportando em nome de um sentimento, haveria, inevitavelmente, um momento em que sensações ruins entornariam e causariam verdadeiras inundações. Estragos em nossa estrutura. Fendas abissais!

Eu e minha vizinha estamos tentando, juntas, reparar o vazamento que tem tirado nosso sono. Com o namorado, procuro não acumular sons desnecessários na relação.

O pescador

Roberto sabe pescar. Contou, com um ar de belezura na fala afundada nas águas do Marajó[6], que trabalhou com pesca artesanal "barra fora". Isso aconteceu dos onze aos vinte e seis anos. Eu não sabia o que era barra fora; mas imaginei ser algo saído de dentro; das entranhas daquele rapaz que agora já passava dos quarenta. Mas tem no sorriso e na voz a idade de uma infância recém-fisgada. Explicou o termo da forma mais simples. Que era pesca que se fazia mar adentro. Lá no meio onde só aparece mesmo céu e água. Achei lindo ter o mar como escritório, mesmo sabendo das dificuldades de quem vive de tão nobre, mas arriscada, atividade.

Conheço-o desde quando trabalhava nos serviços gerais do prédio onde moro. Há alguns anos, foi promovido ao posto de porteiro. E o sorriso, marca registrada, apenas mudou de endereço. Saiu das escadas, área de jardim e calçadas para um espaço com banheiro privativo, cadeira e, mais recentemente, uniforme. Roberto parecia peixe na piracema[7] na nova função. Se ainda atuasse na antiga profissão, diria que jogou a rede e agarrou um enorme peixe. Mas não lançou nada, não, além de simpatia, respeito e dedicação.

---

6   Marajó é a maior ilha fluviomarinha do mundo. Cercada tanto por rios quanto pelo oceano Atlântico. Fica no norte do Pará.
7   Piracema vem do tupi e significa "subida do peixe". É o período em que determinadas espécies de peixes enfrentam grandes jornadas rio acima a fim de garantir um local adequado para sua desova e alimentação.

Em uma de minhas saídas, resolvi parar o carro para esticar um pouco mais o "bom dia". Tinha intuição de que algo de interessante eu escutaria. Foi como também lançar a rede. Recebi de volta uma inusitada história. Roberto revelou ter sido abandonado pela mãe ainda pequeno; e só veio a conhecê-la já adulto. Ele a perdoou e ainda a ajuda com o pouco que recebe. Aos trinta anos, a vida tomou um novo rumo. Contraiu câncer. Veio para a capital; fez cirurgia. Sobreviveu. E no meio de tudo isso havia o sonho de cursar Direito. Não deu. Trabalhou em almoxarifado e como gerente de supermercado. E mais um monte de coisa que parecia papo de pescador. Mas não era.

De tanto nadar de um lado a outro, chegou à conclusão de que cada dia é uma bênção e uma oportunidade. Motivo mesmo para agradecer, sem espaço para aflição, tanta reclamação ou melancolia. Contou toda essa história quando me entregava uma encomenda. Justamente em uma manhã em que eu tinha incômodas olheiras. Sinal de noite de agonias. Ao escutar sobre tão profundos mergulhos, o que me tirou o sono pareceu raso e arrastado. Dei-me por satisfeita em ter estacionado; e colocado os ouvidos disponíveis. Só assim pude enxergar, muito além da invisível figura do porteiro, um verdadeiro pescador de alegrias.

O pacotinho

A parada estratégica no prédio do amigo ocorria toda sexta-feira. Impreterivelmente. Fizesse noite quente ou chuvosa, com céu estrelado ou fosco, era *pit stop* obrigatório. Roberto entrava no carro e já sinalizava para Ana, a namorada, que precisavam pegar a encomenda que o amigo havia deixado na portaria do prédio onde residia. Aliás, era suspeitíssimo o tal amigo nunca aparecer para fazer a entrega em mãos. Ana dirigia até o local e lá retornava somente na sexta-feira seguinte. Claro, com outra daquelas embalagens.

Enquanto o namorado descia para apanhar o pacotinho, ela ficava no carro, com vidros fechados e motor ligado. Era uma estratégia, caso surgisse uma viatura da polícia e perguntasse por que cargas d'água ela estava ali, parada, àquela hora da noite. Iria fingir uma manobra e sair rapidinho, sem deixar rastro. Posicionava-se com marcha engatada e pé no acelerador. Largaria namorado e pacotinho, no caso de uma fuga repentina. Não saberia ao certo por que escaparia, mas ficar ali, esperando o tal pacotinho, ah, isso ela não faria, não.

Nunca precisou colocar o tal plano em ação.

Voltemos à encomenda. Ela possuía um código visual: era embalada em sacos de plástico grosso e preto, em formatos que variavam conforme o dia; muito bem lacrada e sem chance de descobrir o conteúdo. Certa vez, Ana precisou comprar fita adesiva. Era para finalizar os volumes dentro do estabelecido no trato: pacotinhos entregues, pacotinhos devolvidos no mesmo padrão ao remetente. Até os porteiros do prédio já conheciam o código. "Ah, o senhor veio pegar o pacotinho, né?", diziam ao namorado.

Houve um dia, porém, que um deles pediu que Roberto assinasse um papel. Para certificar que havia recebido o tal embrulho. Voltou ao carro, contrariado: "É porteiro novo, só pode! Pediu assinatura, acredita? Muito estranho isso", observou. Ana concordou. Não queria desagradar o namorado. Mas não conteve a curiosidade. Disse que ali não voltaria se não abrissem juntos o tal pacote. Ele não teve alternativa. Era justa tal condição. Ao rasgarem o plástico escuro, eis que cinco CDs de rock internacional novos e ainda com lacre fizeram brilhar os olhos de Roberto. Como se fora um menino diante de um brinquedo. Ana entendeu, pois costumava ter os mesmos sintomas diante de livros que comprava.

Certa vez, porém, o número de entregas e pedidos começou a escassear. O amigo mudara de endereço. A era dos pacotinhos havia chegado ao fim! Ou será que passariam a ser entregues via aplicativo de celular? Uma ou outra, verdade seja dita: os finais de semana nunca mais foram os mesmos sem aqueles corriqueiros e obscuros caronas musicais.

Felicidade de aprendiz

Por Maria do Carmo, minha mãe

Não tenho lembranças de Papai Noel na minha infância. Nem de presentes mirabolantes, menos ainda de sapatos na janela, aguardando o bom velhinho vir preencher com alguma surpresa. Não, não tenho. Mas possuo saudades infinitas de cenas em que a simplicidade sempre foi uma dádiva sem igual. Hoje, ao recordar algumas delas, percebo o quanto fui feliz. Muito feliz!

Lembro que muitos dos presentes que ganhava eram feitos à mão. Mãos de minha mãe, da avó, das tias-avós e das professoras. Chegavam em forma de bonecas de pano. E algumas montadas com papelão, ripas ou restos de madeira. Nas aulas de catequese, recebi, certa vez, saquinhos de papel, aqueles de embrulhar pão. Vinham cheios de um doce de gengibre com açúcar colorido, embrulhados em papel de seda. Dentro deles também havia roscas produzidas com vários tipos de farinha. Tudo com muito zelo, carinho e delicadeza. Da escola, lápis, tabuadas, álbuns para colorir e histórias em quadrinhos eram também entregues como estímulo para não perder a vontade de estudar e como prêmio aos que tiravam boas notas.

Minha primeira boneca de material não reciclado foi uma de plástico. Era linda aos meus olhos de menina curiosa, com um tom que lembrava cor de pele de bebê. Pernas e braços se moviam e ela possuía um vestido estampado de florezinhas cor-de-rosa. Foi presente de meu padrinho. Eu a guardava dentro de uma mala verde de acapu[8]. Ninguém a podia tocar. Todo cuidado era pouco com um brinquedo que, naquela época, em uma cidade do interior paraense como Vigia, era raro uma menina da minha idade possuir. Jamais a colocava no chão e, aos domingos, a levava para passear nos braços. A boneca era tão bem cuidada que eu festejava seu aniversário com "bolinho de chuva" — uma mistura simples de trigo, açúcar, sal e água fritos no azeite — e refresco de maracujá. Com o objetivo de fazer par com meu brinquedo tão especial, meu pai confeccionou um carrinho de bebê, todo em madeira (talvez restos), para uma de minhas irmãs.

Meu tempo de infância também viu as novidades chegando, as ruas mudando e a cidade se transformando, como haveria de ser. Surgiu a praça, chegaram lojas e até um ônibus de madeira barulhento e lento chamado "Camisinha", que meu pai apanhava na esquina de casa para viajar até Belém. Essas foram algumas das novidades da década de 1950. Na capital, ele comprava presentes e mimos para os oito filhos, em datas especiais, como aniversários, Páscoa, Natal, Círios de Belém e de Vigia. Certa vez, ele presenteou minha mãe com um sapato modelo plataforma, ao estilo Carmen Miranda. Também levou um par de sandálias havaianas, raridade por aquelas bandas. Por falar em sapatos,

---

[8] O acapu, árvore de madeira dura cujo nome científico é *Vouacapoua americana* Aublet, é uma espécie de crescimento muito lento, tolerante à sombra, e que pode atingir quarenta metros de altura. Disponível em: https://oeco.org.br/analises/o-que-as-cercas-de-acapu-ensinam-sobre-o-desmatamento-na-amazonia/. Acessado em: 19 fev. 2023.

lembro ter tido um de plástico quando desfilei como miss caipira. Esse detalhe talvez tenha chamado a atenção das outras candidatas que disputavam votos e aplausos. Não me lembro de ter ganhado o título; porém, sei que fui contemplada com olhares mais curiosos por causa de meus sapatos.

Não só de presentes minha infância foi marcada. Houve uma época em que papai investiu tempo, criatividade e o pouco de dinheiro que tinha para construir uma espécie de lanchonete, toda feita em material conhecido como duratex, na verdade, painéis de madeira leve como compensado. No Maratex-Coffee, nome que ele deu ao empreendimento, era vendido principalmente café aos clientes. Mas também havia chá-mate, refrescos de vários sabores, bolo e até um sanduíche de pernil com alface, que costumava fazer sucesso entre os clientes. O Maratex-Coffee foi ponto de encontro dos vigienses durante os seis curtos meses de existência. Um dos clientes mais assíduos era o "Seu Belém". No final da tarde, ele aparecia, todo arrumado, para tomar o chá-mate gelado. Gostava de bater papo e contar as novidades. Ia embora satisfeito com aquele momento singelo, em que atenuava um pouco a solidão. E eu ficava atrás do balcão, observando o movimento e prestando atenção aos detalhes que, um dia, sem saber, eu iria compartilhar através da escrita. Foram tempos em que vivenciei a infância como quem saboreia um café recém-passado, sente o cheiro de longe e hoje fecha os olhos para olhar mais distante lá para dentro do coração. Como fui feliz! Felicidade de aprendiz. Felicidade por ser simplesmente criança!

Carta de um pai

Por Alírio Alves, meu pai

Belém, 10 de outubro de 2007.
Te escrevo como se estivesse conversando contigo, lado a lado, bem juntinho, com toda a liberdade. Não a liberdade de um pai para um filho ou filha, mas com a liberdade ampla, infinita, de um amigo que confia plena e despreocupadamente no outro. De repente, agora, entrecorto este texto e me volto rapidamente à Argentina, nestas palavras que iniciam o capítulo "A Emoção do Ideal", do livro de José Ingenieros, escritor ítalo-argentino:

> Se você é dos que orientam a proa visionária para uma estrela e estendem a asa para a sublimação inatingível, desejoso de perfeição e rebelde à mediocridade, leva dentro de si o impulso misterioso de um Ideal. É o fogo sagrado, capaz de moldá--lo para ações grandiosas. Proteja-o, se o deixar apagar, jamais se reacenderá. E se morrer, você ficará inerte: fria pretensão humana.[9]

Retomo o texto e reflito acerca de como as pessoas exercem influência sobre os outros, às vezes sem querer;

---

[9] INGENIEROS, J. *O homem medíocre*. 3.ed. Curitiba: Editora do Chain, 2014.

vezes outras, conscientemente. Mas te digo que fazia dias que não escrevia, ou meses. Não que eu não tivesse o que escrever, porém, por comodismo (comodismo? Esse termo não se ajusta, não se adequa a um professor). Mas, filhota, as tuas cartas mexem comigo, fazem-me desabrochar, remexem minhas entranhas, expulsam lágrimas, as mais profundas e sinceras lágrimas de alegria. Leio tuas cartas e como gosto do termo cartas, *litterae*, em latim! Elas aproximam mais as pessoas. As leio, devagar, saboreando cada palavra, cada frase. As tuas cartas são emoções, sentimentos verdadeiros que brotam, que saem de uma alma sincera, pura, irmã. Uma alma filial. Leio como que não querendo mais parar de ler de tão saborosas que são. Por isso, as leio como iniciante, pausadamente, dando a cada frase mil interpretações. Eu me elevo e fico orgulhoso em saber que tenho uma filha que não me dá preocupações sérias; que é inteligente, escritora e dotada dos mais sublimes sentimentos, como a honestidade, a sinceridade, o amor e a simplicidade.

    O ato de escrever, para ti, é tão rápido quanto teus pensamentos. Tuas palavras são sinceras como teu coração. Ainda bem! É sempre bom escrever com o coração. Nascemos todos, sim, para sermos felizes. E sabes ser feliz. Sabes aproveitar a vida da tua maneira, estudando muito. Pois quem estuda, adianta sua vivência, pois aprende com a experiência dos outros.

    Não imaginas (aliás, bem o sabes) o quanto fico vaidoso e feliz, digo, eu, tua mãe e os "manolos", quando nos dizes que te saíste bem nos trabalhos que fizeste ou em uma apresentação onde tiraste nota máxima.

Não és uma mulher de desistir fácil do que pretendes alcançar. Tenho certeza de que essa atitude te fortalece muito, pois amadureces muito nesses momentos de tristeza que passas. Eu também as tive e elas me tornaram mais seguro de minhas decisões. Lembro-me, por exemplo, de quando cheguei a Belém para estudar o chamado ginásio. Corria o ano de 1961. Chovia muito; era mês de março. Tinha eu apenas quatorze anos. Nova vida, novos amigos, novos professores, nova família. Isso me fez bem. As dificuldades não nos enfraquecem. Pelo contrário, fortalecem.

Por que, de repente, estou te escrevendo sobre alguns detalhes da minha vida? Por quê? Porque me deu vontade, e parece que estou te vendo com esta carta na mão, com os olhos fixos, lendo, lacrimejando. Coisa de um pai coruja. E penso no que me dizes, durante a leitura: *"Este meu pai... Poxa, como estou com saudades!"*.

Não penses tanto no tempo que está faltando para retornares, pois, se assim o fizeres, ele custa a passar. Pensa na tua vida no agora. E tem muito cuidado, continua sendo brilhante e sê muito, muitíssimo feliz!

Dos teus, sempre teus: Lilo, Carmo, Mito e Jó.

Pássaros em pleno voo

VERSOS

"Shhh..."

Sou surdo. Sou sussurro.
Sou serenidade.
Soma secreta de sentimentos sutis.
Sigilosos. Sombrios.
E solitários.

Sou sobriedade.

Sondo segredos. Somatizo sossegos.
Sacolejo sentidos.
Sintonizo sanidades; saudosismos.
Sou superfície de sins, senões
E suspiros.

Sou subjetividade.

Sou sopro. Suave e sem sustenido.
Sanciono sutilezas,
singularidades.
Sou sótão sacro do saber
E do sensível.

Sou suscetibilidade.

Singro sonhos e sofreguidões.
Sinalizo situações; significados.
Semeio suavidade.
Sufoco sirenes
E sonoridades.

Sou sincronicidade.

Selo sofreres sorrateiros.
Surtos. Soluços.
E sobressaltos.

Sento-me.

Sou sozinho. Sobrevivente.
Soalho sem som.
Sou socorro.
Sobretudo, saída.
Solução.

Semblante sereno, saio e saboreio,
de soslaio, a solidão.
Sobreponho-me aos sons.
Só para soçobrar saudades.
Sentir saltar o ser.
Ser salto. Ser solto.

Sopro e...

... sentencio:
Sou silêncio.

...

Sou silêncio.
Silêncio...
Shhh...

Permanência

Afundei meus olhos
nas profundezas da vida delas
Percorri as dobrinhas impecáveis
a fragilidade das peles ainda verdinhas
E os pelos escuros e encabulados
que mal cobriam as moleiras...
Todas, marcas indeléveis do porvir.

Tomei ar
Inspirei cheiros de novidade
Eu havia voltado à vida. Me refeito nelas
Duas meninas. Duas sobrinhas para a vida toda
Já era tempo de escutar choro de criança
e sentir o aroma incomparável de gente nova
Chegaram. Enfim!
E eu, se quisesse, já poderia partir.

Permiti-me, no entanto, continuar imersa
Submersa. Absorta e contemplativa
nos cílios escuros e perfeitos de uma
No olhar penetrante e inquietante da outra
E na pele clara que exalava
a transparência e a delicadeza das veias
Vasos que fariam o sangue chegar ao coração
de cada uma
E, sem proporção, estavam fazendo
mais forte o meu.

Guerra e paz

Paz
Experiência capaz
De subtrair diferenças
Pluralizar quietudes
Exercitar o que de melhor se possui.

Insaciável. Voraz
Assaz, porém nunca demais
Silente em seu burburinho interior
Benevolente, ainda que mordaz
diante de iniquidades
daquilo que desagrega
desestabiliza e não flui.

Guerra
Estado alucinante
E de embriaguez coletiva
Devora. Enterra
Engole
E regurgita
Vidas recém-nascidas
Monstruosamente capaz
De abreviá-las
Multiplica natimortos
Encerra sem reticências
Ponto final.

Paz e guerra
Duas frentes da mesma batalha pela vida
Ainda que a morte — inevitável condição humana —
Seja o alimento das armas
E das mentes insanas.

Em contrapartida
É da própria existência
Que a paz se retroalimenta
Refaz
E reverbera atitudes
De respeito
Diálogo. Gratitude
Tudo o que realmente importa.

Guerra e paz
Incansáveis. Insaciáveis
Ainda que, na essência, distintas.

Em nome da paz, se inicia uma guerra
Para encerrar uma guerra, são justamente imperativos
Os acordos de paz.

Extremos que se conectam
Justamente por aquilo que lhes falta.

Tem mais um segundo?

Não dá
Tô sem tempo
Tudo no seu tempo
Tem mais um segundo?

Intervalo.

Para sonhar
E sem que se deseje
Pesadelar aflições
E medos.

Alarme ao pé da cama
Aciona a finitude
Mas não anula a permanência.

Levanto
Mas não acordo
Fiquei ancorada naquele espaço
Quieto
Curto e profundo
Pra tanto que ainda precisava
Continuar pairando.

Dá início
à contagem regressiva
Da vida que evolui
Regressa
Mas não finda.

Começa no ventre
E termina
Em outro
O da terra
Do húmus
De onde se vem
E onde tudo, por fim,
Começa
E encerra.

Ainda assim
Não acaba
Marca passagem.
Entre os choros
Do berçário
E do adeus
Há um cronômetro impalpável
Fugaz
E, sobretudo, pontual.

Apressado
Ou calmo
Ele nos engole
E também nos devolve
Àquilo que mais significa.

Quando acaba
Nos deixa obcecados
Apaixonados
Espectros de viventes
Como se nunca houvera passado

De mãos dadas
Agarrados
Ao nosso lado
Assim mesmo,
Dentro da gente.

Nem bem abrimos ou fechamos
as janelas postas na cara
E já foi toda uma existência
Não há controle
Nada que o pare
É um corredor
Em interminável maratona.

Segundos são preciosos
Precisos detalhes
Fazem dele
Inesquecível
Ou simplesmente
Detestável.

Tem coisas que não mudam com ele
Outras se revelam sem ele
As demais, sucedem a um piscar
De vesgos olhos
que querem tudo em dobro
E só dessa forma veem.

Afinal
Tudo ele cura
Ainda que passe fugitivo

Às vezes perdido
Em outros, inteiro e pleno
Acabou o teu tempo
O meu, nem bem senti
Também passou!

Nem deu
Nem foi
E foi!
Porque tudo no seu próprio tempo
E naquele que me foi concedido
Emprestado talvez
Nem deu
Mas deu!
Relógio estagnado
Não!
Ponteiros em galope
É ele
O tempo
E já bateu em retirada.

Nem deu tempo
Fiquei sem o meu...

Tem mais um segundo?

Esta obra foi composta em Minion Pro 12 pt e impressa
em papel Polen Natural 80 g/m² pela gráfica Paym.